W0287200

AQUEST LLIBRE ÉS DE:

....

....

....

i Libri

della Quercia

FAIRY OAK

EL CAPITÀ GRISAM I L'AMOR

Idea gràfica i artística d'Elisabetta Gnone
Colors i efectes especials de Barbara Bargiggia
Il·lustracions de personatges d'Alessia Martusciello i Roberta Tedeschi
Les aquarel·les del quadernet *Conjurs d'amor* són de Corinne Giampaglia
Del quadernet *Oreneta Negra* se n'ha ocupat Angela Domenici
Optimització del logotip de Francesco Gemelli
Coberta i sobrecoberta d'Elisabetta Gnone

Gràcies a l'escriptor Tim Bruno pel seu assessorament editorial

Visita el poble del Roure Encantat a:
www.fairyoak.com

Títol original: *Fairy Oak. Capitan Grisam e l'Amore*

Traducció de l'italià de Carles Sans

Estrella Polar. c/ Peu de la Creu, 4 – 08001 Barcelona

www.estrellapolar.cat
info@estrellapolar.cat

Primera edició: novembre de 2009

Fotocomposició: Zero preimpresión
Impressió: Industrias Gráficas Cayfosa
Dipòsit Legal: B. 38.515-2009
ISBN: 978-84-9932-018-2
Imprès a Espanya – Printed in Spain

A les papallones...

Estimada fada de nom impronunciable,

però que amb una mica d'exercici aprendré a dir, em dic Lalla Tomelilla i sóc una bruixa de la llum.

He conegut el teu nom pel Gran Consell, per mitjà del qual envio aquesta carta perquè te la faci arribar com més aviat millor (com deus saber, cap ésser humà té permís per escriure directament a una Criatura Màgica).

He llegit a la teva fantàstica fitxa que a més de ser molt bona, tot i que molt jove, estàs disposada a desplaçar-te a regnes llunyans al teu. Potser has sentit parlar de la Vall de Pratverd i el poble del Roure Màgic: jo hi visc. És a dir, molt lluny del Regne de les Rosades d'Argent.

Tanmateix, et puc assegurar que l'indret és molt agradable i simpàtic per a les fades. De fet, moltes viuen aquí amb nosaltres i vigilen els nostres fills amb serenitat.

D'aquí a dos mesos, la meva germana Dàlia parirà dos bessons que, vistes les teves aptituds, et voldria confiar en qualitat de mainadera. Naturalment, viuràs amb nosaltres i rebràs la compensació adequada per la teva tasca que, ja et dic ara mateix, serà a temps complet, set dies a la setmana. T'adjunto algunes fotos de la nostra família i de la casa perquè quan arribis ja et sigui tot una mica familiar i puguis començar a agafar confiança amb la teva nova vida. De fet, confio que acceptaràs l'encàrrec. I a propòsit d'això, et prego que em responguis de seguida. El temps apressa i per a mi és molt important que els meus nebots tinguin una fada cangur que els hagi vist néixer.

Si acceptes, la teva feina amb la nostra família durarà quinze anys, passats els quals tornaràs a ser lliure per ocupar-te de nous nens.

Et felicito per les notes excel·lents, i amb l'esperança de tenir aviat notícies teves, et saludo cordialment,

Bruixa Lalla Tomelilla

Elisabetta Gnone

EL CAPITÀ GRISAM I L'AMOR

LA PRIMERA NIT...

Adéu, Fairy Oak

RETORN A LES ROSADES D'ARGENT

—Ha tornat la Feli! Ha tornat la Feli!
—Ja han passat quinze anys!
—Oh, quina emoció!
—Ha crescut?
—És més bonica?
—On és? On és?

Tornava a ser a casa.

Mentre volava per unir-me a les meves companyes, vaig jugar a un joc. Un joc una mica ximple, de fet, al qual juguem quan som fades joves, quan encara tenim molt de temps i cap pensament. Es diu «Jugar amb l'ombra a terra». Jo hi havia jugat sovint i per això sabia on la trobaria aquell matí d'estiu. I allà estava, la meva ombra! M'esperava sobre l'herba fresca de rosada, preparada per seguir-me.

Vaig reprendre el vol i ella va lliscar darrere meu entre flors i espigues perlejades. Una taqueta fosca, alegre i impertinent, tan petita que els conills i els esquirols amb prou feines la notaven.

Haurien reaccionat d'una manera ben diferent si hagués

estat l'ombra de l'àguila o la del falcó la que es veia sobre el prat. Aleshores, drets sobre les urpes posteriors, haurien encès l'alarma. Els adults haurien corregut a buscar els cadells i els haurien portat al recer dels caus, mentre a l'aire ressonaria l'agut crit de caça. En canvi... Les merles saludaven el dia amb el seu cant melodiós mentre grups de joves estornells s'amagaven sota el fullatge. L'ombra desapareixia i tornava a aparèixer, dins i fora dels arbres, sobre la capa verda dels talussos, amunt cap al pujol encara daurat pel sol i avall cap a l'aigua del torrent. Jugava amb les papallones al voltant de les branques de nepta o entre les flors liles de la budleia... Res no havia canviat.

Era a casa.

Tanmateix, quan va aparèixer el llac platejat sota meu, el cor em va fer un salt: era temps de collita, me n'havia oblidat? Les meves companyes treballaven! Entre les roselles i les altes candeles, entre fulles de melissa perfumades de llimona, al voltant de la sàlvia i l'espígol en flor, entre els colors brillants de la caputxina i els alegres prats de maduixeres, entre les altes panotxes de didaleres, d'un rosa bellíssim, i les malves, encara més altes, entre els blauets altius... treballen les fades, agafant fulles i flors i llavors per a la cuina, per als medicaments i també per als passatemps: sense el blau dels blauets les aquarel·les de les fades no serien el mateix! Jo ho sabia bé perquè m'encantava pintar quan era una jove fada.

Però és d'elles que us vull parlar, de les meves amigues, les meves germanes, el meu poble. Treballaven totes juntes.

Quan em van veure, algunes van cridar, altres van moure les mans com a salutació, i altres, les més joves, van volar per anunciar la meva tornada.

—Ha tornat la Feli!

—Ha tornat la Feli!

Era a casa.

—No heu rebut la meva carta? —vaig preguntar sorpresa d'aquella acollida tan viva—. Per què sembleu tan sorpreses de veure'm?

—Sorpreses no, felices! Oh, t'esperàvem, i no saps fins a quin punt.

—Si ho sabessis, fa dies que intentem contenir les emocions...

—Deus tenir moltes coses per explicar, oi, Feli?

—La veritat és que...

—És tot a punt, saps? Hem organitzat una festa en el teu honor!

—Oh, gràcies, però no calia, jo...

—Deixa'm veure't... Ah, com has crescut!

—Tens gana?

—Tens set?

—Com estàs?

—Estàs emocionada, per això plores, Feli?

Era a casa i plorava.

—Deixeu-la descansar —va intervenir Gotaargentadadedelicadasaviesa, la fada més vella de totes—, d'aquí a poc es trobarà millor i aleshores respondrà totes les vostres preguntes.

La vaig abraçar i em va consolar en veu baixa.

—Passarà —em va dir—, sempre passa.

Li vaig donar les gràcies i vaig apressar-me sola cap a la magnòlia que m'havia vist néixer. Era a casa, casa meva! Tot i així...

Quan havia estat de viatge, un fil m'havia mantingut unida al poble del Roure Encantat i durant tot aquell temps m'havia consolat la idea que a l'altre extrem hi havia la Tomelilla, de manera que si l'hagués estirat, ella l'hauria notat i si l'hagués estirat ella l'hauria notat jo, i amb ella hauria sentit tots els que havia estimat i encara estimava a Fairy Oak. Sabia, durant el viatge, que si el dolor m'hagués vençut hauria pogut girar i recular. Només calia seguir el fil.

Mentre m'endinsava entre aquell fullatge suau, il·luminant les fulles grans i lluents, el soroll subtil i esmolat del fil que es trenca em ressonava al cor com un pont que s'enfonsa. Acabava de dir adéu a Fairy Oak.

El sol es va pondre deu vegades abans que les llàgrimes deixessin de mullar-me la cara. Aquell dia, Gotaargentadadedelicadasaviesa em va tornar a parlar.

—Tens la cara seca, bé —va dir agafant-me les mans—. Tot el regne t'espera. Sents les músiques i els cants de joia? Saben que estàs a punt i volen que siguis la reina de la festa. Tens la resposta a punt per a ells?

Vaig assentir.

—Bé —va dir aleshores somrient—. Segueix-me, Feli. Et deien així, oi, a Fairy Oak?

—Sí —vaig dir fluixet.

—Després de llegir les teves cartes vam començar a dir-te Feli també nosaltres. I algunes han demanat tenir un diminutiu, com el teu, i així tindràs molts noms nous per aprendre.

Vaig somriure.

Molts segles abans que jo brillés al món, els noms llargs havien salvat les fades de la crueltat dels homes. En un primer moment, de fet, el poble lluminós, de natura alegre i confiat, s'havia deixat atraure per la veu dels homes. Encuriosit, havia deixat les ombrívoles clarianes i s'havia apropat a les seves modestes cabanes, havia entrat en els sinuosos castells, als tallers, i alguna fins i tot havia fet front al mar ventós per conèixer qui vivia a les grans naus que solcaven les onades.

Estupefactes per les petites criatures lluminoses, els homes de seguida s'havien mostrat amables i gairebé adoradors i, durant uns quants anys, tots dos pobles havien viscut plegats en una convivència idíl·lica.

Després, la sorpresa havia estat substituïda pel costum.

Els homes havien après que les fades obeïen a ulls clucs quan es pronunciava el seu nom sencer i així el que primer els havien demanat amablement després els ho ordenaven i imposaven, i les petites magues volants, com se les anomenava, van ser utilitzades per a les feines més difícils i humiliants.

En pròpia carn, les fades van aprendre fins a quin punt era curta la memòria dels homes grollers, i que fàcilment s'enganyaven la ment. Cap reconeixement, cap amistat va salvar les fades.

Fins que un dia, una va pensar un pla simple i astut: les fades es presentarien als homes amb noms llargs i complicats, com més complicats millor.

Va funcionar, i les fades van tornar a ser lliures.

Pocs aconseguien repetir els intricats jocs de síl·labes i rimes que el poble lluminós, hàbilment, combinava creant cantilenes i lletanies, que a la majoria semblaven sense sentit. Només els savis i justos i els que n'escoltaven el so i n'entenien el sentit, aconseguien pronunciar noms com Bufodotzebufadesdevent, o Quatrepètalsalcorheportatperatu, sense que la llen-

gua en patís. Alguns, en definitiva, entenien que donar ordres és una responsabilitat i que s'ha de pensar bé i concentrar-se abans de fer-ho.

Els noms llargs havien protegit les fades durant molts segles. Ara, per les paraules de la que havia estat la meva guia i mestra, aprenia que el poble lluminós tornava a fiar-se...

—Estic preparada per explicar el meu viatge —vaig dir.

Agafant-me amb la mà, Gotaargentadadedelicadasaviesa em va portar al mig de la clariana i va parlar.

—Sifeliçellaseràdirnoshovoldrà ha tornat amb nosaltres —va anunciar amb veu solemne. Des dels arbres i els prats es va alçar un «Oooh» i la resplendor de les fades va encendre amb reflexos la llacuna tranquil·la.

—Com sabem, ha estat molt pacient, molt valenta i molt sàvia. S'ha fet honor i ha fet honor al nostre poble. Ha patit, és normal. Però ara està millor i encarà estarà millor si l'estimeu i l'ajudeu a recordar.

Aleshores, una harmonia lleu es va insinuar entre els fils d'herba. Una melodia que, creixent d'intensitat i riquesa, va lliscar entre les fulles i va omplir l'aire perfumat de flors i molsa. Les fades cantaven i les seves veus m'invitaven a narrar.

Sabia fins a quin punt eren importants les històries per a les fades i per això, durant els meus dies a Fairy Oak, havia escrit sovint a casa, posant al dia les meves companyes sobre els últims esdeveniments i les novetats. I com que sempre tenia moltes coses a explicar, havia escrit amb regularitat. Tornant a pensar en aquell moment, amb tots els ulls posats en mi, em vaig desanimar: ja ho havia dit tot, què hi podia afegir?

Com que trigava a parlar, es va alçar una remor entre el

públic que va durar alguns minuts, fins que una veu jove es va separar de les altres i es va dirigir directament a mi.

—Ànim, Feli! —va exclamar—. Digue'ns què hi havia al bagul del Capità. I la Vainilla, es va enamorar d'en Jim?

Altres veus s'hi van afegir.

—Ens has escrit moltes cartes —va dir una fada més aviat anciana— i ens has comunicat molts esdeveniments increïbles, com el naixement de les nenes, que va ser molt interessant. Ara continua.

—Continua? —vaig preguntar.

—Dues germanes que neixen amb una distància de dotze hores l'una de l'altra és un fet estrany, Feli, fins i tot per al regne de les fades —va comentar la fada que tenia al costat—. Gràcies per haver-nos-ho escrit, ara continua.

—Continua? —realment no ho entenia.

—Ens has explicat que les noies són idèntiques i boniques com les flors que porten per nom, Vainilla i Pervinca, i que tots els Mags de la regió tenen noms de flors. Ara, però, Feli, continua...

—Ens has escrit que Fairy Oak és un poble de pedra i de flors, de cara al mar i envoltat de boscos en una vall verda i ufanosa... Què més?

—Més?

—Gràcies a les teves cartes sabem que el va construir el poble dels Mags i dels Nomags fa molts mil·lennis al voltant d'un roure parlant, i...

—I?

—Ha estat bonic saber que els Mags de la Llum i els Mags de la foscor viuen finalment en pau —va intervenir Gotaargentadadelicadasaviesa—. I que a més a més han acceptat

conviure amb els Nomags. Però segur que no s'acabarà aquí...

—No s'acaba aquí?

—És veritat que gairebé no es distingeixen els uns dels altres, Feli?

Va assentir una mica confosa.

—Explica'ns més coses, Feli, de la Lalla Tomelilla, del poble... Totes somiem anar un dia a un lloc tan serè i harmoniós —va sospirar una veueta jove—. I treballar per a una bruixa sàvia i honorable que ens estimi tant com la Tomelilla t'ha estimat a tu.

Vaig sospirar.

—Bé, això és el que sabem —va reprendre la fada que havia parlat primer—. Com veus, hi has d'afegir moltes coses. Reprèn-ho des d'on ho vas deixar i continua, Feli.

Continua? Que continués cap a on? Havien demostrat que ho sabien tot!

—Jo... no m'imaginava que us importés tant Fairy Oak i els seus habitants —vaig dir—. En el fons, no els heu conegut. Us puc dir que des que l'Enemic va deixar la Vall per sort no ha passat res trasbalsador. Us ho vaig escriure: algú s'ha casat, algú no, algú ha marxat, algú ha arribat... Però són històries de cada dia. Per què us haurien d'apassionar tant? —vaig preguntar—. És realment tan important per a vosaltres, fins i tot diria que fonamental, saber què ha passat després?

Sabeu què em van respondre? Que no, que no era fonamental, però que seria tan agradable i reconfortant com rebre notícies de vells amics que s'estimen però que viuen lluny. I van afegir que s'havien affeccionat a la Tomelilla, la Vainilla, la

Pervinca, en Grisam... la culpa era meva, que els hi havia presentat.

Podia dir que no?

En aquell moment vaig decidir que desvetllaria a les meves companyes quatre misteris de Fairy Oak que encara no coneixien. Una història per cada nit durant quatre nits, i després d'això, no tornaria a parlar del passat.

La primera nit vaig parlar d'amor,
la segona d'encanteris espaterrants,
la tercera d'amistat,
la quarta nit vaig explicar un comiat.

La primera nit...

U

La Gruta d'en Grisam

ENCARA UNA HISTÒRIA PER EXPLICAR

«Com li havia explicat la Tomelilla? Llum i Foscor, un poder crea, l'altre destrueix. Units i oposats, són inseparables, ni bons ni dolents, tots dos necessaris, com el dia i la nit...».

Mentre a fora tornava a nevar, en Grisam i la Pervinca arrossegaven el bagul del Capità al mig de la gruta on seria més còmode obrir-lo. Entre tots els objectes que omplien el cau secret del jove mag fins al sostre, el bagul era, sens dubte, el més atractiu i el més màgic. La Vainilla i la Shirley observaven sense respirar, mentre el ratolí de la Shirley, Mr. Berry, havia baixat de l'espatlla de la nena i s'havia apropat per veure-hi millor. D'altra banda, la vivaç Flox no havia deixat mai de picar a la caixa on estava asseguda: quin moment que estaven a punt de viure!

Què veurien?

Aquell bagul havia pertangut a la persona més extraordinària que havien pogut conèixer. Un heroi que havia solcat les onades de tots els mars, havia vist costes desconegudes per als homes, havia caminat per platges amb reflexos roses, havia pescat calamars gegants, havia combatut pirates i tempestes oceàniques... En els seus nombrosos dietaris, havia descrit criatures que semblaven pertànyer a un altre món, animals més estranys i espantosos que els dracs, peixos amb banyes, ocells de milers i milers de colors i homes foscos, alguns altíssims, altres minúsculs... Què podia contenir l'equipatge d'un home com aquell?

—Ara et toca a tu —va dir en Grisam tombant-se a la Vainilla—. El Capità no ha deixat claus!

La Vainilla es va esverar:

—Per què a mi, precisament?

—Perquè ets una Bruixa de la llum! —van respondre els nois a cor—. Tens el poder d'obrir el que està tancat, no? Mentre que nosaltres només podríem tancar-lo.

—O pitjor, destruir-lo.

—No és veritat, la Shirley també té aquest poder i és més bona que jo —va replicar la Babú—. No us fa por que em pugui equivocar?

—Per què t'hauries d'equivocar? —va preguntar la seva germana Pervinca—. Ja ho vas fer una vegada.

La Babú va arronsar el nas.

—El cofret del Capità, te'n recordes?

—Sí, però era diferent. El cofret del Capità era molt

més petit i també menys... —La Babú estava a punt de dir «menys valuós», però potser no eren les paraules exactes, ja que el cofret que la Vainilla havia rebut com a herència d'en Talbooth contenia un llibre molt antic i rar i per això era tan valuós! El problema era un altre. El cofret li havien deixat a ella, i per tant, en el moment d'obrir-lo, la Babú n'era l'única responsable: el bagul, en canvi, pertanyia a en Grisam i tothom sabia fins a quin punt el jove n'apreciava el contingut. Dins d'aquell bagul hi havia la vida del Capità, els seus secrets, potser tota la història! En el lloc de la Vainilla potser ni jo hauria volgut una responsabilitat com aquella.

—I si em confonc i ho transformo tot en un pastís de nata? —va murmurar tremolant.

—No ho diguis ni de broma! —va respondre en Grisam seriós.

En Flox, en canvi, s'ho va pensar i es va llepar el bigoti.

—No, no, no —va dir finalment la Babú fent-se enrere—. És millor si deixeu fer la Shirley o proveu, vosaltres Mags de la foscor, de trencar el pany amb els vostres poders destructius.

La Pervinca no podia creure el que sentia i va fulminar sa germana amb la mirada.

—Què sento? Una Periwinkle que renuncia? Mai! Deixa de ploriquejar i obre aquest bagul ara mateix! —va exclamar.

Sempre havien estat així, la Vainilla i la Pervinca, iguals i oposades en tot. Poders oposats i caràcters oposats, deltotcontràriesoposadessempre. Si la Vainilla era solar, dolça i assenyada, la Pervinca era ombrívola, sagaç i rebel. Dues cares de la mateixa moneda, com deien al poble, que ningú no podria separar mai, però que el destí havia dividit des del primer dia. I que havia fet especials.

—Intenta recordar què vas fer per obrir el cofret —va intentar suggerir en Grisam decidit a semblar tranquil—. Devies dir una paraula màgica, suposo. Només cal que la repeteixis i...

—Oh, no serveixen les paraules màgiques —va explicar la Vainilla—. Ja ho sé, només cal dir: «Obre't!». Almenys amb el cofret va passar així. Feli, tu estaves amb mi, recordes si va dir alguna altra cosa?

—No, no, diria que no... —va respondre—. Tenies el cofret als genolls i el miraves, mentre intentàvem imaginar quina podia ser la paraula correcta. Com que no la sabíem, vam provar amb la més fàcil, i vas dir: «Obre't!» i el cofret es va obrir.

—Bé, sembla realment fàcil —va dir en Grisam—. Vinga, sigues valenta doncs...

La Vainilla va baixar de la cadira i es va acostar al bagul. Seriosa i concentrada es va aturar davant del pany. I hauria dit la fatídica paraula si la Flox no hagués intervingut per espatllar-ho tot.

—Espera, ja sé què necessites! —va exclamar saltant a terra des de la caixa—. Vaig a buscar en Jim...

—FLOX! —van cridar tots a cor—. Et sembla un bon moment per dir aquest nom?

Massa tard, la Vainilla ja estava vermella com un tomàquet.

—No saps que quan està trasbalsada no controla els seus poders? —la va renyar la Pervinca—. Ara ho transformarà tot en maduixes i mel.

En Jim era el jove estranger que una nit, l'oncle d'en Grisam i el senyor Cícero, pensant que era un espia de l'Enemic, havien capturat i d'acord amb tot el poble havien tancat en una cel·la a prova de Màgia. Però, en canvi, era un inventor vingut de lluny.

—Què hi pinta aquí en Jim? —va preguntar la Babú, fingint que era del tot indiferent a aquell nom—. Si m'equivoco d'encanteri no serà per culpa seva. Per què sempre creieu que m'importa?

La Flox va esbatanar els ulls.

—Però com? —va exclamar molt sorpresa—. Si precisament ahir a escola em deies quant...

—OBRE'T —va ordenar la Vainilla al bagul, abans que l'amiga pogués acabar la frase.

A la gruta es va fer un silenci de gel.

En Grisam, la Pervinca i la Flox es van quedar rígids com estàtues i sense respirar van esperar el clac! del pany en obrir-se.

Res.

Lentament es van girar cap al bagul. La Vainilla l'observava immòbil buscant un senyal: el pany no s'havia obert, però potser alguna cosa s'havia mogut.

—Us sembla que ha canviat alguna cosa? —va preguntar.

—N... no —va respondre en Grisam, caut—. Per fora sembla tot igual que abans.

—Però no sabem què ha passat per dins —va intentar novament aquella inconscient de la Flox—. Ara podria estar ple de mousse de cafè.

La Pervinca es va tapar els ulls i en Grisam es va deixar caure abatut a terra. La Vainilla ens va mirar a mi i a la Shirley buscant una mica de comprensió. I la va trobar. La Shirley va somriure tranquil·la, movent tan sols el cap en senyal de consens. Jo, en canvi, vaig tenir una il·luminació.

—El tocaves! —vaig dir centellejant—. El cofret! Quan li vas ordenar que s'obrís el tenies sobre els genolls!

Sense dubtar, la Vainilla va agafar el pany i va repetir la paraula màgica: «Obre't!».

Un moment després somreia.

Els nois, però, van esperar abans d'alegrar-se.

—Què s'hi veu? —li van preguntar a ella, que era més a prop—. Has fet algun desastre? Està realment ple de mousse de cafè?

La Vainilla va obrir una miqueta el bagul i després es va apartar perquè ho veiessin tots:

—Diria que no! I vosaltres?

—Per les barbes de la meva tia! —va exclamar la Flox.

En Grisam va obrir la boca de bat a bat, la Shirley es va agafar la cara amb les mans i la Vi va fer una ganyota, com feia sempre que no aconseguia creure el que veia per ella mateixa.

—El seu uniforme! —va exclamar.

I no era només això, l'autèntica sorpresa encara havia d'arribar...

Capità William Talbooth

DOS

William Talbooth

EL REI VINGUT DEL MAR

«Recordo un passatge del testament que em va encuriosir, deia: "...que el meu bagul de caoba i tot allò que conté vagin a aquell curiós d'en Grisam Burdock", oi, Felí? Pobre Capità...».

L'havia trobat la Desdevent, la fada mainadera dels Pollimon, a punt de morir a la platja, quaranta anys enrere. El pobre Talbooth estava gairebé congelat i durant molt de temps no havia parlat ni recordat res. Van passar mesos abans que el ferit recuperés la paraula i l'estabilitat sobre les pròpies cames.

La memòria, en canvi, havia continuat gastant-li bromes pesades durant molt, molt de temps. Com una onada de la marea, els seus records havien anat i vingut, eren records vagues i extravagants que fluctuaven en la boira d'aquella pobra ment, transparents com fantasmes.

El pobrissó, com que no sabia com tractar-los ni com interpretar-los, els explicava així com li apareixien, confusos i llunyans. Confiava, s'entén, en l'ajuda dels que semblaven més savis i serens que ell, però... Com que es contradeia i encara més sovint tornava a oblidar coses, la idea que només era un rodamón una mica boig, si no un borratxo, havia estat durant anys al pensament de tothom.

Per sort, com que el nouvingut era molt amable i particularment educat, ningú no havia pensat mai a allunyar-lo. Al contrari, la comunitat de Fairy Oak l'havia acollit serenament, i quan havia demanat de construir-se una caseta a l'escull de la badia, tota la ciutadania, a l'uníson, s'hi havia oposat. No per fer-li un lleig, no: la marea submergia l'escull dos cops al dia i per això la casa sempre hauria estat inundada!

Els ciutadans havien insistit i s'havien prodigat en mil discursos i propostes alternatives per fer desistir el foraster d'aquella idea estrafolària. Estrafolària i perillosa! I tanmateix no hi havia hagut res a fer.

Commogut per tanta preocupació per ell, el Desmemoriat havia donat les gràcies a tothom i per tranquil·litzar la comunitat havia explicat que l'elecció no havia estat casual: pel que recordava, sempre havia viscut amb els peus a l'aigua i la roba humida, i per això hauria estat estrany i dolorós per a ell interrompre aquest costum.

Els habitants del poble no havien pogut fer altra cosa que acotar el cap i oferir tota l'ajuda possible.

Els que tenien barca, l'havien ajudat a transportar el material. El llenyataire li havia construït una bonica taula i un armari sòlid per decorar una mica les cambres, els homes de la seva corpulència li havien donat vestits, d'altres li havien ofert feines, les senyores li havien portat estris, mantes i llençols. Amb el seu tarannà discret i sincer, havia donat les gràcies a tothom i per pagar els deutes s'havia ofert a treballar per a tots els que n'havien tingut necessitat. Quan li havien demanat què sabia fer, i sobretot què li agradaria fer, havia contestat: «Estimo el mar!».

Amb una sola prova n'hi havia hagut prou per convèncer tothom que, almenys això, era veritat. L'home que no recordava el seu propi nom, però que sostenia que era un mariner i potser també un comandant de grans vaixells, coneixia el mar com el palmell de la mà. Aquell simpàtic foraster sabia navegar i era un pescador llest. A més a més, fet ben estrany, quan pujava a una barca, encara que fos petita com una banyera i amb una sola pagaia, immediatament començava a donar ordres. Per això els homes l'havien anomenat Capità.

El Capità no tenia una barca pròpia, però la desitjava amb tot el cor. I la buscava.

Un dia, mentre recorria la costa recollint fusta per cremar, va notar unes restes abandonades, una vella barca de pesca, un bot. Estava en sec des de feia molts anys i els gats la utilitzaven per dormitar al sol i donar a llum els cadells a recer de les gavines.

Al Capità no li va semblar real. Va deixar les cistelles i es va apropar a veure els danys, però de seguida un moviment inconfusible li va encongir el cor. La mare gata i sis gatets el miraven amb por des de sota del seient de proa. Un altre els hauria caçat, ell havia adoptat tota la família.

Després de transportar la mare i els petits a la barraca, els havia posat en un còmode jaç a prop de l'estufa. Serien els primers d'una llarga sèrie de vagabunds que el capità salvaria i adoptaria per tota la vida.

El més vagabund de tots, però, semblava la vella barcassa.

Abandonada al sol sobre la franja de terra que separa el port de la platja, havia trobat el reconfort d'una mica d'ombra només quan un matoll de ginesta li havia crescut al costat. Els esbarzers de móres l'havien envaïda i el temps i la deixadesa havien escrostonat el vernís que havia estat blanc i verd. No tenia nom.

En Talbooth l'havia netejada d'herbes i havia descobert amb plaer que qui l'havia abandonat havia tingut la pietat de posar-la sobre troncs i no sobre la terra viva, de manera que els taulons no s'havien podrit.

No només això. També havia descobert que tot

l'enfustat era d'un roure excel·lent, i per tant era una barca robusta i pesada. El fons presentava dues grans escletxes, però no era res que ell no pogués reparar.

No, no, no, era una gran barca que demanava tornar a l'aigua a crits i el Capità li donaria aquest plaer!

Amb paciència, sota l'ull de vigilant d'una gavina curiosa i el mandrós d'una gata, el Capità s'havia posat a la feina.

El matí de la varada havia arribat i encara no havia triat el nom. I com que una barca sense nom no pot sortir al mar, en Talbooth es va encendre la pipa i va seure a pensar. Quin nom li podia posar a aquella gran barcassa d'aspecte tranquil i pacífic? Havia estat pacient amb ell, l'havia deixat treballar, s'havia portat bé, no havia tingut mai un caprici, una resistència. De seguida, havia demostrat reconeixement i no guardava rancor pels homes que l'havien abandonat o se n'havien oblidat. «Si fos un home seria un sant», pensava el capità, i amb un pinzell xop de vernís blanc, en una cursiva bonica, va escriure sobre la popa: Bonhom.

Els anys havien passat i durant aquell temps el Capità havia explicat moltes històries que ningú, naturalment, mai no havia cregut.

Fins que una nit, una de les últimes de la seva vida, en Talbooth havia deixat entrar els nens a la barraca. Era la primera vegada!

Assegut a la vella cadira al costat de l'estufa amb un gat al braç, havia explicat una història. No una de les històries espaterrants de sempre, d'aquelles que acostumaven a escoltar els nens, no. Aquella nit, el Capità havia explicat la història de l'*Isabella II*...

TRES

L'Herència d'un Rei

L'ÚLTIMA HISTÒRIA DEL CAPITÀ

«Torna'ns a parlar de l'*Isabella II*, Felí. La història amb la qual els nens van entendre que en Talbooth havia estat realment un capità. És ben plena d'aventures i també molt trista, però m'agrada escoltar-la...».

Amb la música del seu estimat gramòfon de rerefons, el Capità havia parlat als nens de quan un dia havia salpat a bord de la nau més bonica del món, una dama del mar, forta i esvelta, graciosa i guerrera. Havia narrat fins a quin punt se sentia orgullós i feliç de ser-ne el comandant i havia descrit un per un els homes de més confiança que formaven el seu equip: el cuiner Potato, que anomenaven així perquè tenia la cara pàl·lida com la pela de la patata; el segon oficial al càrrec, l'honest senyor Torrel, el contramestre, excel·lent home de mar; el senyor Peppop, l'oficial de ruta; el senyor Lewis... Tots eren morts, pel que havia dit el Capità. Alguns havien mort durant l'emboscada que els pirates havien preparat a l'*Isabella II* per la valuosa càrrega que transportava, altres durant el dramàtic naufragi que el vaixell, atrapat en una tempesta, havia patit pocs dies després, precisament davant les costes de Fairy Oak, o més ben dit davant del cap Aberdur, on avui s'alça un far.

Al Capità se li havien humitejat els ulls. Només s'havia salvat ell, però no ho havia considerat mai una sort, ben al contrari. Sempre s'havia penedit de no haver aconseguit salvar ningú a part d'ell mateix i de no haver sabut evitar l'assalt tot i que hi havia molts senyals del perill.

De fet, uns quants dies abans de l'abordatge, en Talbooth i el seu equipatge havien ensopegat amb les restes en flames d'una altra nau, el bergantí Sunboat, comandat pel capità Charles Albert Bullet, un bon amic d'en Talbooth. També era mort.

El Capità havia descrit als nens la tristesa en veure la gorra que surava entre caixes i barrils i trossos d'enfustat en flames. Només la popa havia quedat intacta i com una balena ferida de mort, muda i resignada anava a la deriva mostrant al cel el nom de la nau.

Poc després, també l'*Isabella II* s'havia lliurat a les flames dels pirates, però no s'havia enfonsat ni trencat. En Talbooth havia explicat, amb molt d'orgull, el valor i la tenacitat que els pocs homes que quedaven vius havien demostrat en salvar la dama del mar.

Només amb les mans i la força dels braços havien aconseguit apagar el foc. Els pobres tenaços creien que ho havien aconseguit, però...

La petita tripulació havia treballat nit i dia, sense menjar ni dormir, per deixar el vaixell en condicions de navegar, però la nau no volia saber res. L'*Isabella II* no havia respost a les ordres del seu capità i així, malgrat els esforços d'en Talbooth, que mai s'havia resignat, després del foc va seguir una llarga deriva que els havia portat cada vegada més al nord i a prop del gel de l'hivern. Fins que una tempesta els havia atrapat en la que el Capità havia descrit com la nit més llarga de la seva vida.

El que havia passat després del naufragi ho sabien tots.

Escoltant el relat del capità Talbooth, els nens havien tingut la impressió que la veu ronca, les mans grans, aspres i seques com soles de sabata, la panxa rodona, la boca esdentegada i la roba esparracada del vell home de mar lentament s'havia fet transparent i que al seu lloc havien aparegut vestits sumptuosos. El Capità tenia, de sobte, l'aspecte d'un rei. I d'altra banda, tampoc no era la barraca d'un rodamón, cansat i confós. Més aviat un petit regne, esplèndid, ordenat i ple de records, que només podia pertànyer a un gran viatger.

Quina sorpresa havia estat entrar-hi!

Al final de la narració, ningú havia dubtat d'en Talbooth. No havia mentit ni un sol dia. Havia estat realment un Capità!

I com a Capità, com a heroi, com a rei, se n'havia anat alguns dies després. Però no sense haver pensat en cadascun d'ells.

Havia comptat un per un els seus nois, les hores abans de morir, i a cadascun li havia deixat un objecte, un record especial!

Abans, però, molt abans, els havia unit. Fins i tot ara que ja no hi era, els nois se sentien units els uns als altres per les seves narracions, per les seves ensenyances, per l'afecte que sentirien sempre per aquell gran home.

La Colla del Capità, així es deien ara els nois de Fairy Oak. Ell els havia fet sentir importants i ells no ho havien oblidat.

A en Grisam Burdock li havia deixat un bagul...

QUATRE

Un Bagul de Secrets

SIS CALAIXOS I UN UNIFORME

«Deies que els nens estaven a la gruta i havien obert el bagul. Digues, Feli, què hi havia a dins? Or, joies, què, Feli?».

Ni en Grisam, ni encara menys les noies, no havien vist mai abans l'interior d'un bagul de viatge. En realitat, no sabien ni què era un bagul de viatge. Però segur que ningú no imaginava trobar-se davant d'un... armari! Petit, però perfecte: en un costat, els calaixos, de fusta, nets i preciosos, a l'altre, una barra de la qual penjaven algunes barretes de fusta, dos vestits foscos, una bonica jaqueta blava i un uniforme de Capità.

Res de roba amuntegada! En tota la meva vida no havia vist mai tan d'ordre en tan poc espai i mai tan poc espai tan ben organitzat!

Els calaixos, que eren sis, portaven petites etiquetes que n'indicaven el contingut: al primer de dalt hi havia escrit «Neteja». En Grisam va intentar obrir-lo, però alguna cosa el bloquejava. Una frontissa de metall fi travessava els sis calaixos en sentit vertical, i gràcies a un simple però eficaç sistema de traus n'impedia l'obertura.

—Potser el bagul estava obert a la cabina i la frontissa servia perquè els calaixos no s'obrissin quan la nau s'inclinava —va comentar en Grisam. I va notar que, originalment, hi devien haver hagut cadenats que bloquejaven la barra a cadascun dels traus: un ulterior sistema de seguretat, probablement. Qui sap si el Capità els havia tret per fer més fàcil la tasca dels nois? El jove va treure delicadament la frontissa i va tornar a provar d'obrir el primer calaix.

—Què hi ha a dins? —va preguntar la Vainilla. Com els altres, s'havia posat a part per deixar a en Grisam el dret de descobrir-ne primer el contingut, però la curiositat guanyava per moments.

—El calaix estava dividit en compartiments —va respondre el mag visiblement emocionat—. Hi ha... un raspall —i el va ensenyar a les amigues—, una pinta d'ivori, una capseta que conté... un sabó.

—Deixa-me'l olorar... És bo?

En Grisam va passar la capsa a la Pervinca, que la va ensumar i la va passar a la Vainilla.

—Mmm, és bo, fa olor de net, olor de...

—Olor de Capità! —es va anticipar la Pervinca.

—De debò? —va dir la Flox—. La puc olorar?

Una altra ensumada i...

—És veritat! —va exclamar la Flox—. Mira, ara l'enyoro!

—I? I? —van preguntar les noies a cor—. Què més hi ha?

En Grisam es va posar de puntetes: el calaix tenia la vora alta i això feia difícil veure els objectes que hi havia a dins.

—Un oli, potser per als cabells, un raspall de les dents i... què és això? Ah, un mirall. Quin marc més bonic, és de plata. Al darrere hi ha gravades dues inicials, però no són les mateixes del bagul... Mireu...

—A.T. —va llegir la Vainilla—. I en canvi les del bagul són?

—C.W.E.T. —va respondre en Grisam—. Capità William E. Talbooth. Ben diferents.

—La E què vol dir? —va preguntar la Shirley. En Grisam va brandar el cap.

—Potser el mirall és un regal i aquestes són les inicials de qui li va donar —va dir la Vainilla.

—O de qui l'havia de rebre.

—Sí, pot ser —va replicar el jove mag—. També hi ha una capsa d'afaitar... També és de plata i té les inicials del bagul. A dins hi ha una màquina d'afaitar i un afilador... semblen valuosos.

—Ei, i això què és? —va preguntar la Pervinca, agafant un gerro de vidre treballat. Vençudes per la curiositat, les noies s'havien acostat al bagul i començaven a ficar-hi les mans. En Grisam no va dir res, es va limitar a aixecar els ulls cap al cel amb l'expressió de qui sabia com acabaria tot plegat i ja s'hi havia resignat.

—És un portasabons per a la barba —va sospirar—. Es nota que no us heu d'afaitar cada dia.

—Per què, tu sí? —van preguntar, rient totes al mateix temps.

—Bé, aviat hauré de començar i el meu pare ja m'ha fet fer algunes proves.

—Fa mal? —va preguntar la Flox.

—No, és agradable, i després es té una agradable sensació de frescor.

—Potser un dia ho provaré jo també.

Això els va fer riure encara més.

—Flox, que ets una nena!

—I doncs? —va respondre mirant-se al mirall del Capità—. Tinc tants pèls a la cara com en Grisam, per què no ho hauria de provar?

—Oh, fes el que vulguis, igualment ho faràs. Obrim el segon calaix? —va proposar la Vi.

—Vosaltres mateixes, jo vull veure l'uniforme —va dir el jove, i va deixar espai a les noies perquè es divertissin.

La Pervinca va obrir el segon calaix i totes quatre bruixes es van abocar al minúscul univers de passat i misteri.

—UAU! Aquí hi ha els objectes personals del Capità, Grisam, no els vols veure tu abans? —van preguntar per gentilesa.

—No —va fer ell amb el cap, i va afegir—: Els miraré després, però no trenqueu res i abans d'obrir els altres calaixos assegureu-vos d'haver posat al seu lloc els objectes que heu tret.

—Sí, senyor! —va respondre la Pervinca picant els talons i posant la mà al front en senyal de respecte i obediència. L'hi havia ensenyat en Talbooth—. Mirem-nos-ho i tornem-ho a posar de seguida al seu lloc... Oh, i això?

Sortia de sota una fina pila de mocadors blancs ben planxats.

—És un sobre! —va dir la Vainilla.

En Grisam va deixar estar l'uniforme i va anar amb les noies.

—Té —li va dir la Pervinca—. Això ho has d'obrir tu.

Era molt vell i fet malbé, i la carta que contenia amb prou feines es llegia. Una sola pàgina, escrita amb cal·ligrafia agradable i cuidada. Per desgràcia, però, la humitat havia mullat la tinta i algunes paraules s'havien esborrat. En canvi, aquí i allà semblava que hi hagués plogut ja que les taques eren perfectament rodones, com gotes de pluja.

Les primeres paraules, amb les quals començava la carta, eren perfectes i clares: «Adorada meva...».

Com que en Grisam les va llegir en veu alta, la Vainilla es va posar les mans al cor.

—És una carta d'amor! —va exclamar extasiada—. És per al Capità?

—No, és per a una dona...

—Així la deu haver escrit ell!

—Pot ser —va respondre en Grisam—. Algunes paraules són gairebé il·legibles. Aquesta per exemple... Sembla «amor» o «encara»...

—Potser és «àncora». «Adorada meva, llevem ara l'àncora...».

—Flox! —van protestar els nois.

—Podria ser perfectament, era un Capità de Marina.

—Oh, a mi m'agradaria que fos «amor» —va sospirar la Vainilla.

—Per què?

—Bé, estaria bé descobrir que el Capità estimava algú, oi?

—Però si estimava la dona a qui va escriure aquesta carta, per què no l'hi va enviar? —va preguntar la Pervinca, i no era una pregunta estúpida.

—Potser l'estimava, però tement que ella no l'estimés no va tenir el valor d'enviar-la —va suposar en Grisam.

—Això feu els homes? —va preguntar la Vainilla, evidentment interessada en la qüestió. En Grisam va assentir.

—Algunes vegades és molt difícil confessar el que se sent i vosaltres, noies, sabeu ser terribles. Per això abans hi renunciem.

—Però escolta... I no podria ser que algú que t'agrada no et dirigeixi la paraula perquè al seu torn pensa que no li agrades?

La Pervinca va tossir nerviosament.

—Podem continuar? —va preguntar avorrida—. M'estic florint.

—Espera, he d'entendre això...

—L'única manera de saber-ho és fer el primer pas —va dir en Grisam.

—O sigui que hauria de ser jo... vull dir... hauria de ser la noia qui es declarés al noi? —La Babú va fer una ganyota.— Mai!

—Bé, pot no dir-l'hi però fer-l'hi entendre.

—I com?

—Per exemple, escrivint-li una carta que es pugui llegir i enviant-l'hi! —va exclamar la Pervinca ara ja al límit de la paciència—. Si encara no heu acabat les vostres disquisicions, podríeu passar-me amablement la carta? Ens agradaria intentar llegir-la, gràcies!

En Grisam va mirar la Vainilla amb una expressió que deia: «Entens el mateix que jo?».

—Oh, moltes gràcies —va dir la Vi agafant la carta que en Grisam li allargava.

—Llegim-la, doncs: «Anna, adorada meva, finalment trobo temps per escriure-us...» es parlaven de vós? Aleshores es coneixien poc!

—Bé, no se sap —vaig dir jo—, fa molts anys era normal que es tractessin de vós membres de la mateixa família.

La Pervinca va tornar a llegir des del principi.

CINC

La Primera Descoberta

UNA CARTA MISTERIOSA

«Només hi ha una sola cosa més interessant que una carta misteriosa: una misteriosa carta d'amor...».

18 de gener

Anna, adorada meva, amor meu,

finalment trobo temps per escriure-us.

Ara ja sabeu prou bé fins a quin punt són convulsos i frenètics els dies abans d'una sortida.

Aquest cop ha complicat les coses també el Virrei de [illegible]*, que ens vol confiar una càrrega valuosa. No us podeu imaginar quants segells, permisos i assegurances fan falta per carregar a bord caixes amb càrregues tan valuoses com aquestes!*

Espero poder sortir abans de final de mes i arribar a casa a temps per celebrar amb vós la primavera.

Com esteu, estimada meva?

Esteu cansada de l'hivern?

Com estan els nois? Us desesperen?

L'Emily ha començat l'escola? I l'Stewart, és un tot un homenet? La nostra Sophie caminarà ara, i el petit Robin? Amb prou feines el vaig veure.

Sabeu com friso per tornar-vos a veure, només prego que passin ràpidament els dies que em separen de tots vosaltres!

Porto alguns regals: joguines i diversos llibres per als nostres fills, que espero que apreciaran, i una petita sorpresa per a vós.

Sé què deveu estar pensant, que gasto els diners de la nostra futura casa, però veureu que he gastat amb seny; el meu únic desig és fer la vostra felicitat.

Vós prepareu els equipatges i empaqueteu els mobles, que ara arribo. Ah, deixeu enrere els vells draps de cuina i les tovalloles: aquí venen el millor lli que es pugui trobar i als preus més convenients. El nostre cuiner, el senyor Potato, diu que és perfecte per a la cuina i la taula i així, mentre us escric, ell ja és a la feina. Us he dit mai que el benvolgut senyor McWell, anomenat Potato perquè és molt pàl·lid, cus gairebé millor del que cuina? S'hi entreté a estones perdudes i nosaltres n'estem ben contents.

Li he encarregat unes tovalles, dotze tovallons i cinc draps de cuina i en tots li he demanat que brodés les vostres inicials. McWell ha estat un regal del cel, àngel meu, des que és a bord que han desaparegut els polls i mengem com reis. Em temo, estimada, que em trobareu una mica més gras. M'estimareu igual com jo us estimo a vós?

La Vainilla va sospirar. La Pervinca va agafar aire i va continuar.

«*Aquest matí hem vist una goleta al llarg del Cap de* [illegible] *i Torrel, el meu segon, jura que és una de les nostres. Hauria d'arribar al port abans que es pongui el sol. Si és així, prego que porti notícies vostres.*

Ara us deixo, esposa meva.

Confiaré aquesta carta a en Charles, que salparà demà al matí a bord del Sunboat. En Charles és l'únic que coneix la nostra càrrega: me'n refio, és un gran amic.

Amb immutat amor, per sempre vostre,

Edward».

—Edward? —va exclamar la Vainilla—. Creia que era una carta del capità Talbooth. Qui és aquest Edward?

La Pervinca va aixecar el cap de la carta amb cara pensarosa.

—Sunboat, Potato... No us semblen noms familiars?

—El Sunboat era un bergantí que els pirates van enfonsar abans d'assaltar l'*Isabella II*, i que era comandat per l'amic del Capità... Bullet, em sembla que es deia —va dir la Vainilla.

—Charles Edward Bullet —va precisar la Flox—. En canvi, en Potato i en Torrel eren respectivament el cuiner i l'oficial segon d'en Talbooth.

—Ah, ja —va comentar la Vi, perplexa—. Qui sap qui és, doncs, aquest senyor Edward que escriu com si hagués estat ell el comandant de l'*Isabella II*...

—Potser és un amic.

—S'ha acabat?

—No, hi ha un altre tros, un annex. És de l'endemà. Diu:

«19 de gener

Estimada Anna, afegeixo dues línies per informar-vos que el Sunboat va salpar de sobte ahir a la nit, tot i que el mar havia engrossit i bufava un vent fort del nord. Penseu que fins i tot han deixat a terra aquell vagabund d'en...»

La Pervinca es va interrompre. De sobte, estava pàl·lida com la boira.

—Què passa? Per què has parat? —li va demanar la Babú.

Mossegant-se nerviosament els llavis, la Vi li va passar la carta.

La Vainilla va buscar ràpidament el punt i va tornar a llegir ràpidament amb veu baixa:

«Estimada Anna, afegeixo dues línies per informar-vos que el Sunboat va salpar de sobte ahir a la nit, tot i que el mar havia engrossit i bufava un vent fort del nord.

Penseu que fins i tot han deixat a terra aquell vagabund d'en...»

—...TALBOOTH! Però és impossible! —va exclamar aterrida.

La Flox de poc que no cau de la caixa.

—Has llegit malament! —va dir.

—No, està escrit precisament així: «fins i tot han deixat a terra aquell vagabund d'en Talbooth que...».

«... sovint passejava pels carrers. Així finalment he decidit agafar-lo jo a bord.

Hauries de veure la fam que té aquell puçós!

Però sempre està alegre i és amable i la tripulació de l'Isabella II ja li té afecte.

Si el veiessis, estaries d'acord amb mi que s'assembla d'una manera increïble al vell Broom, però de jove».

—Hi deu haver un error —va dir en Grisam, somrient nerviós—. La humitat ha alterat la tinta, algunes paraules s'han esborrat, hi deu faltar alguna lletra...

La Vainilla va bellugar el cap.

—No, no, i encara és pitjor... Escolteu com acaba:

«Per desgràcia, no he pogut donar-li la carta a en Charles. Però conec un altre vaixell que ha de salpar

demà i parlaré amb el Capità perquè porti el nostre correu.

Per desgràcia, en Torrel s'ha equivocat; la goleta de què t'he parlat porta bandera estrangera. A bord, hem trobat pocs homes fugits per miracle de la ferotgia dels pirates que van assaltar la seva nau.

Estaven ferits i afamats. El nostre metge i el cuiner McWell ara són a bord per poder-los socórrer.

Ara us deixo de debò. I mentre busqui algú que us porti aquesta carta, em consolaré pensant que la pròxima vegada que tingui notícies vostres me les donareu vós, mentre jo us tindré en els meus braços.

Us estimo, Anna.

Cuideu-vos i feu un petó als nens.

Capità W. Edward Temby,
Comandant de l'Isabella II
al Servei de la Marina Reial de Sa Majestat».

La Vainilla va donar la carta a en Grisam perquè la llegís, mentre la Flox movia el cap.

—Nooo, no, no, és fals —deia per si sola.

—És aquí al fons estampat —va replicar la Babú—. Com si fos el seu paper de carta.

En Grisam ho va tornar a llegir tot, en silenci, i quan va arribar al final va pronunciar en veu alta només les inicials del nom estampat a peu de pàgina:

—C.W.E.T., les mateixes inicials del bagul —va dir.

I no eren les úniques coses que coincidien. Gran part d'allò que el misteriós capità Temby reportava a la carta corresponia a la narració del capità Talbooth: els noms i els rols de la tripulació, l'embarcament de les caixes de contingut valuós... Tot, tret... d'aquelles paraules: «Talbooth... el vagabund, puçós...», com podia ser? Així el capità havia mentit? No havia estat mai el comandant de l'*Isabella II*?

—Ara serà millor que tornem a casa —va dir en Grisam bruscament, plegant la carta—. Ja és fosc i fa hores que neva.

Va tancar el bagul i, sense dir res més, va seguir les noies fora de la gruta.

SIS

Algú Se'n Va

I NO UN DE QUALSEVOL...

«Recordem bé què vas escriure a propòsit d'en Jim: "...Ens mirava desplaçat, amb els ulls més dolços i perduts que havia vist mai, tous i foscos com els d'un cervatell. Era alt i harmoniós, amb un somriure que tot sol omplia la cambra. Potser perquè en lloc de rebel·lar-se i barallar-se, estava callat i escoltava... Potser per l'entusiasme dels nois... No sé ben bé per què, però jo ja estava de part seva. No podia ser-ne un enemic...". Aquestes paraules exactes, Feli...».

—Em sembla sentir la veu del teu oncle que et crida, Grisam —va dir la Pervinca—. La sentiu?

Davant nostre hi havia la Vall nevada. El reflex il·luminava la nit i es veien bé els arbres, els cims nivis, el pont sobre el torrent i, més avall, els terrats del poble, blancs, i el mar platejat.

Els nens s'enfonsaven fins als genolls i tot i així corrien, aixecant núvols lleugers de neu finíssima.

Quan van arribar a un gran faig van saludar la

Shirley, que des d'allí, volant, marxaria cap a Frontbosc, a l'altra vall. La noia va abraçar els amics, va avisar el ratolí Mr. Berry que s'agafés als cabells, va agafar en Barolo als braços i, agitant la mà en senyal de salutació, de seguida es va convertir en un punt llunyà al cel gris.

La veu del senyor Burdock va ressonar en aquell moment clara i forta en l'aire. Els nois arribaven tard i el to de l'oncle d'en Grisam no prometia res de bo.

En entrar al poble, van girar de seguida cap al carrer que duia a casa dels Burdock. Els seguia el soroll sord dels seus passos apressats, esmorteïts pel fons blanc i compacte. Amb un equilibri acrobàtic, van baixar corrents els graons gelats, en Grisam fins i tot els va saltar i, relliscant, va arribar fins a la porta de casa, acabant ben bé en braços del seu oncle.

—Què dimonis... Ah, ets tu! —va exclamar el mag gegantí, mantenint-se dret de miracle—. Aquestes són hores d'arribar?

—Tens raó, perdona.

En aquell moment en Grisam va notar que el seu oncle portava a les espatlles dues de les seves selles de cuir i les regnes per als cavalls. La Vainilla també ho havia notat.

—On vas? —li va preguntar.

—Acompanyo en Jim al Pas —va respondre sintètic el senyor Duff.

—Per què?

—Perquè en Cícero ha dit que hi ha perill d'allaus i el Pas tancarà aviat.

—No, jo volia dir per què acompanyes en Jim? Què hi té a veure, amb el Pas?

—Torna a casa.

—Qui? —va demanar de sobte la Vainilla.

—En Jim!

La jove bruixa va fer una mirada desesperada a sa germana.

—En Jim se'n va? —va demanar la Pervinca, intuint la pregunta.

—La seva família l'espera —va respondre el mag, mentre es carregava a l'espatlla un gran sac.

—No ens n'ha dit res, pensàvem que es quedaria una mica més amb nosaltres...

El senyor Duff va bellugar el cap.

—En una altra estació, potser, però amb aquesta neu es corre el risc de quedar bloquejat fins a la primavera.

—I seria un problema?

—Diria que sí. Imagina com estarien els teus pares si... —el senyor Burdock es va interrompre. Estava fent la pregunta a la germana equivocada—. Vull dir... Ja saps com s'està a casa quan algú desapareix massa temps...

—Ja —va respondre ella somrient amb els llavis serrats. Es va girar cap a la Vainilla: què més podia dir? En Jim tornava a casa. Aquella mateixa nit.

El guapo estranger, l'inventor que venia de lluny i que gràcies a un genial projecte de defensa, durant l'última batalla amb l'antic Enemic, havia participat en la defensa del poble, va aparèixer en aquell moment a la porta amb una gran bossa de tela pesant. Estava pàl·lid i semblava trist. Els seus ulls van córrer cap a la Vainilla, ella es va posar vermella i va abaixar la mirada. Però només per un moment. Trobant, potser en aquell últim moment, el valor de revelar els seus propis sentiments, gairebé de seguida va aixecar els ulls verds i grans i el va mirar al seu torn fixament, seriosa.

—I quan se suposa que has decidit marxar? —va preguntar en Grisam clarament emprenyat. En Jim es va sobresaltar.

—Jo...

—Ja ho havies decidit aquest matí, oi? Per això no has volgut venir a la gruta! Mira que bé. Si haguéssim trigat cinc minuts més no t'hauríem vist. Hauries marxat sense ni tan sols acomiadar-nos...

De nou, en Jim va mirar la Vainilla i era evident que li estava demanant perdó. Però ella es va girar d'esquena. En Grisam havia dit la veritat, hauria marxat sense dir-li ni una paraula. Per què, doncs, ara la mirava d'aquella manera i l'atemoria?

—Vinga, noi, acomiada't o d'aquí a poc temps ni podrem sortir del poble —va intervenir el senyor Burdock, portant els cavalls ja ensellats—. És l'hora.

La Pervinca va sacsejar la Vainilla.

—Què esperes? —li va preguntar en veu baixa—. Parla amb ell, no?

—No puc —va respondre la Vainilla a poc a poc—. No em surten les paraules, i a més a més estic enfadada amb ell, no em sortiria ser amable.

En Jim, mentrestant, ja havia pujat a la sella, però els seus ulls de cervatell no l'havien deixat. Podia sentir que el cor li bategava fort i per primer cop vaig esperar que una allau tanqués el Pas Alt per sempre.

El senyor Duff potser va entendre el que estava passant ja que va agafar les regnes del cavall d'en Jim i se'l va emportar.

—No us preocupeu per ell —va dir—, el seguiré fins que estigui en un camí segur i vetllaré per aquest cap calent com ho faríeu vosaltres.

Va ser un adéu silenciós i surrealista.

En Jim va agafar les regnes i, a pas lent, va seguir el senyor Burdock fora del poble. La neu va esmorteir el soroll de les peülles. Els nois van alçar una mà en senyal de salutació. Tots tret de la Vainilla, que no va aixecar els ulls. Ell, en canvi, va continuar mirant-la fins que el camí va arribar a un revolt.

SET

La Promesa Solemne

NO UN ADÉU, SINÓ UN FINS AVIAT

«Vet aquí, ens l'has jugada i ben bé a la cara. Les pitjors notícies que ens podries donar, Feli. I nosaltres que sospiràvem llegint les teves cartes que narraven un amor que naixia...».

Quan en Jim ja no estava a la vista, la Pervinca va agafar de la mà la Vainilla.

—Vine, anem —li va dir suaument.

En Grisam, al seu costat, encara no havia deixat de mirar al final del carrer. Tenia una expressió incrèdula i es gratava el cap sota els cabells sense entendre res.

—Quin paio més estrany —va remugar per a ell mateix—. Ahir mateix combatíem l'un al costat de l'altre i vivíem com germans i ara se'n va així.

—Bé, no és que nosaltres hàgim estat gaire loquaços —va comentar la Flox.

—Sí —li va fer la Pervinca—. Bé, ara sí que és tard, ja, i a casa deuen estar furiosos. Anem, Babú?

La Vi no parava de complaure's en el turment i no suportava gaire que ho fessin els altres. Sobretot la seva germana. Volia que reaccionés i ajudar-la, però què podia dir per curar la tristesa que la Babú tenia al cor? Hi havia una cosa i la Pervinca la va dir.

—Aquesta nit dormim juntes?

Em va commoure perquè la Vi detestava dormir amb algú al mateix llit, necessitava espai, ella. De nit rodolava i s'embolicava amb el llençol, clavava puntades de peu i amb un buf n'hi havia prou per despertar-la. A la Vainilla, en canvi, li agradava molt dormir amb la Pervinca perquè, quan estaven juntes, les dues germanes podien parlar i explicar-se els secrets.

—Saps —va afegir la Pervinca—, t'he d'explicar una cosa que...

—No t'ho creuràs mai, Babú! —va exclamar en aquell moment en Grisam tirant el barret a terra i esclatant a riure. La Pervinca el va fulminar.

—I tu què en saps, del que els he de dir?

—Jo? —va dir ell sorprès—. Res! Només deia que no t'ho creuràs mai!

Un cavall galopava fort a tota velocitat cap a nosaltres.

—JIM! —va exclamar la Vainilla—. Així es matarà!

—Sobretot matarà el cavall —va comentar la Vi.

I no tan sols el cavall! La Flox i les bessones es van haver d'enganxar a la porta perquè no se les endugués, mentre jo evitava per ben poc una galleda que va colpejar un casc. La pobra bèstia relliscava sobre el gel i en Jim no la podia controlar. Per sort, en Grisam va aconseguir agafar les regnes i aturar aquell nervi embogit. Quan el cavall es va aturar finalment sobre les quatre peülles, en Jim va saltar i va córrer cap a la Vainilla.

—He de parlar amb tu! —va dir agafant-li la mà i portant-la cap a on no els podíem sentir. Jo... la vaig seguir, naturalment. Em vaig aturar just una mica apartada, bastant a prop per intervenir i prou lluny per deixar-los parlar serenament. Tot i que realment en Jim no estava gens tranquil.

—No tinc temps —va dir—, en un segon apareixerà el senyor Duff buscant-me. Per això escolta'm i t'ho prego, si pots, no em facis preguntes.

La Vainilla el mirava amb cara interrogant i somiadora. En Jim va agafar aire i va tancar els ulls. Havia de ser clar i concís, i per això s'havia de concentrar.

—No tinc divuit anys —va començar—, en tinc setze! Em vaig escapar de casa perquè vaig descobrir que el meu avi era un... no, això ara no és important. El que importa és que m'he enamorat de tu i... em vull casar amb tu!

Va faltar poc perquè caigués a terra.

—Jim, sóc massa jove —va respondre la meva sàvia, sàvia nena—. No em puc casar amb tu ara, tot i que, doncs...

—No, no, ja ho sé —la va tranquil·litzar en Jim—. Jo també sóc jove i a més a més ara he de marxar, però tornaré...

—Per què em vas dir que en tenies divuit?

—Perquè quan ho vaig fer, quan ahir vaig declarar la meva edat de debò, AQUEST ha estat el resultat! M'envien a casa, que ho entens? Fins que en tenia divuit podia fer el que volia, ara que han sabut que sóc «petit» volen que torni amb els meus avis.

—Bé, en el fons tenen raó, deuen passar ànsia.

—Sí, potser una mica, però —en Jim va arronsar les espatlles— no parlem d'ells ara, jo...

—ON ÉS? —la veuassa del senyor Burdock va retrunyir entre les cases.

«Oh, no», vaig pensar jo.

—Oh, no! —es va lamentar en Jim cada vegada més amoïnat—. Vainilla, digue'm que m'esperaràs. No he conegut mai ningú com tu. Ets dolça i intel·ligent i sensible i valenta i... guapíssima.

Hauria volgut desaparèixer. No volia espiar aquell discurs tan tendre... Per això vaig començar a marxar, però precisament en aquell moment ella va parlar.

—Aquell dia, a casa de la senyora Pollimon, recordes? —va dir a poc a poc—. Vaig pensar que eres... —es va aturar per buscar la paraula correcta. Què n'havia pensat, d'ell? Que era guapo? Perquè ho era i molt. Que tenia la mirada càlida i perduda d'un cervatell perseguit pels caçadors? Perquè era així. Que era fort i tranquil·litzador? Ho era, moltíssim. Tanmateix, la Babú va dir una cosa diferent. Va dir:— ...perfecte.

No es van dir res més fins que la veu d'en Duff Burdock va irrompre de nou en aquell encant màgic.

—JIM BURIUM, VINE ARA MATEIX!

—Té —va dir aleshores en Jim, donant a la Vainilla un objecte minúscul—. Saps per què ha servit. Conserva-la fins que torni. M'ho promets?

—T'ho prometo —va dir ella.

—M'esperaràs, doncs?

—T'esperaré, Jim. Però no triguis.

—Bé, passarà una mica de temps...

—Una mica quant és?

—Uns anyets...

—Uns anyets...? —a la Babú li va tremolar la veu.

—Passarà de pressa, ja ho veuràs. No hi has de pensar, Babú, o sigui, has de pensar en mi, però no en el temps que passa, m'entens? I has de mantenir lluny els altres pretendents. Els dius que estàs compromesa amb mi i que, si hi insisteixen, quan torni provaran la meva espasa.

—Tu no tens espasa, Jim.

—Oh, però aleshores ja la tindré i ja ho veuran!

—AQUEST NOI! QUAN L'ENXAMPI EL TUSTARÉ COM A UNA ESTORA!

—Si no hi vaig, ELL em vindrà a buscar —va dir en Jim tristíssim. Van passar per davant meu sense veure'm. I eren a un pas de mi quan en Jim va fer un petó al front a la Vainilla i, desconsolat, amb el cap cot, es va afanyar cap a la plaça on l'esperava el senyor Burdock.

VUIT

La Bruixa i el Meteoròleg

NÚVOLS I ENCANTERIS

«Veus com desconeixem moltes coses, Felí? Aquesta, per exemple: has escrit molt sobre els pares de la Vainilla i la Pervinca, però mai sobre com es van conèixer i, ara que hi penso, tinc molta curiositat per saber-ho».

Aquella nit, al sopar, la mama Dàlia va comentar molta estona la marxa d'en Jim i va amagar la seva preocupació. Va dir que feia fred i que al Pas en devia fer encara més; es va preguntar on dormirien i fins a on en Duff acompanyaria el noi; què faria en Jim un cop sol i per què havia mentit sobre la seva edat.

La Tomelilla escoltava en silenci, amb aspecte tranquil i la mirada tombada cap al pati. Però... de tant en tant els ulls discrets se li movien cap a la cara seriosa de la Babú. La insistència de la Dàlia sobre els perills d'aquell viatge i les contínues referències a en Jim accentuaven la pal·lidesa de la noia.

—És un noi ferm —va dir la bruixa—, no hi ha cap

motiu per preocupar-se. De fet, Dàlia, per què no expliques a les noies com us vau conèixer tu i en Cícero?

La Dàlia es va desconcertar amb aquella petició: què tenia a veure amb el que estava dient?

—Sóc prou gran per saber-ho i és tan divertit! —va insistir la tia.

En Cícero va somriure i va assentir.

—Sí que ho és —va dir alegre—. Recordo aquell dia en què tu i jo...

—No continuïs, Cícero Periwinkle! —el va amonestar la seva dona—. Mira bé què estàs a punt de dir.

—Oh, no li facis cas, papa —va intervenir la Pervinca—. Continua, aquell dia en què tu i ella...?

—No, no, s'ha de començar pel principi. Bé deveu saber que aleshores jo tenia vint anys i no suportava les bruixes...

La Dàlia no va tenir més remei que aixecar els ulls cap al cel i pessigar la seva germana per haver tret aquell tema, mentre el seu marit explicava a les nenes la història d'una bruixa amb cabells de color galeta i els ulls de color avellana que primer el va obligar a dormir ajocat sobre un sostre i després li va conquistar el cor.

A la Vainilla li va retornar una mica el color i es va posar a escoltar.

—Durant els últims anys dels estudis, sempre estava envoltat de bruixes —va explicar el senyor Cícero—. N'hi havia TRETZE a la nostra classe, de setze que érem: un malson! I per a una ment científica com la meva, un malson al quadrat. Es discutia sobre tot, no estàvem mai d'acord en res. El que per a elles era màgia, per a mi eren fenòmens. Qualsevol experiment de nosaltres tres, els Nomags, quedava en ridícul pels seus encanteris. Nosaltres estudiàvem el vent al laboratori i elles creaven tempestes; observàvem els núvols i elles ens feien ploure al cap i per poc no fulminen un dels nostres. Si després, presos d'una obscura follia, intentàvem festejar-les, teníem sort si es limitaven a mirar-nos per sobre l'espatlla i no ens transformaven en raspalls de sabates. Un cop llicenciat, em vaig jurar a mi mateix que no tornaria a anar amb una bruixa en tota la vida.

La Dàlia va sospirar.

—És necessari? —va preguntar.

—Sí! —van respondre les noies a cor—. Continua, papa.

—L'escola va acabar amb la típica festa amb ball. Jo, però, havia decidit que no hi aniria. Em semblava una pèrdua de temps i preferia concentrar-me en el programa d'estiu. M'havia de passar tot el temps a l'Illa de Strongcharles estudiant els núvols amb el meu company i amic Vic.

—En Vic? En Vic Burdock? El papa d'en Grisam?

—No, no. En Vic Burdock és un bon amic, és clar, però els únics núvols que li interessen són els de merenga i han fet famosa la seva pastisseria. No, en aquella època em veia amb en Vic Pollimon, l'oncle de la Flox.

—I com va anar a l'illa? Us devíeu divertir moltíssim —va preguntar la Pervinca, i va afegir—: quan sigui gran, jo també ho vull fer.

La Vainilla va arrufar el nas.

—Passar els mesos més bonics de l'any en el lloc més inhòspit de la terra... on és la diversió?

—Cúmuls! —li va explicar en Cícero—. Eren la nostra passió. Ens acabàvem de llicenciar en meteorologia i tots dos érem uns apassionats dels núvols, sobretot dels cúmuls. L'illa era el lloc ideal per estudiar-los, amb aquelles muntanyes altíssimes...

—Els cúmuls quins són, papa? Els grans i com de mantega?

—Oh, sí! —va respondre ell, extasiat—. Cumulus Congestus, Cumulus Humilis, Cumulonimbus...

—És clar, és clar —el van interrompre les noies abans que comencés una de les seves lliçons—, però què té a veure la mama amb els núvols?

—En Vic festejava una noia i em va convèncer perquè anéssim al ball. Tot seguit havíem de sortir cap a les nostres vacances. Durant gairebé tot el temps em vaig fondre amb la decoració. Intencionadament! Vaig quedar-me ben lluny de qualsevol ésser viu que portés un vestit que cruixís i tingués als ulls aquella llum que teniu les noies quan esteu a punt d'emmerdar un de nosaltres. Sabia com acabaven aquelles coses, ho havia vist passar tantes vegades: un paio prepara alguna cosa, després arriba ella i ho engega tot a rodar, o pitjor, li diu que el segueixi. Havia d'estar atent. Així, esquitllant-me per les parets, em vaig barrejar amb un grupet d'intel·lectuals, que les noies no miren mai, o vaig estar-me sol en un a part, entre les plantes del jardí. I així vaig conèixer la vostra mare. Com jo, ella també s'amagava. M'hi havia fixat moltes vegades, perquè era guapíssima i tímida. No la coneixia en persona, però sabia que era la germana de la famosa i potentíssima bruixa Lilà dels Senders i per això sempre me n'havia quedat a distància. Aquella nit, però, no vaig fugir, ben al contrari. A la llum de la lluna, amb les ombres de les branques que jugaven sobre la seva cara bonica, em vaig oblidar dels poders que tenia. Asseguts a l'herba, vam coincidir que la música era preciosa, però impossible de ballar i que de fet hi havia massa gent a la pista, i així vam decidir quedar-nos lluny de la gentada. Vam parlar d'exàmens, de professors, de flors, de les lluernes que ens envoltaven, del mar que estava tranquil, dels amics comuns... Ella era dolça i natural, alegre i enginyosa, elegantíssima. Em vaig preguntar on devia passar les vacances i com que ja m'havia robat el cor, oblidant tots els bons propòsits, la vaig convidar a l'illa. La mama va riure i es va pensar que li prenia el pèl. Per convèncer-la, vaig començar a explicar-li coses dels núvols i del meu desig d'estudiar-los, de l'esforç que havia hagut de fer a l'escola entre gent que negava la ciència i, tot parlant, vaig arribar a dir el que pensava de les bruixes, però no ho vaig fer a propòsit. Com he dit, havia oblidat qui era ella i també qui era jo, sentia les papallones a la panxa i...

—Papallones a la panxa? —va dir la Pervinca—. Què vol dir?

—Bé, doncs... —va intentar explicar en Cícero— és el que se sent quan...

«Quan en Grisam no ve a classe i tu no saps on és», hauria volgut respondre jo. «Quan saps que passarà a buscar-te i no pots estudiar. És això que ara sent la Vainilla i que de vegades la fa sentir malament».

—...Quan s'està enamorat. Però estava dient que la mama no va dir res. Al contrari, va continuar somrient...

—És clar, jo també estava enamorada —va dir la Dàlia.

—Però si no us coneixíeu de res! —va objectar la Pervinca.

—És veritat, però l'estimava des de feia molts anys. Aleshores no ho sabia, però estava enamorada d'ell des que tenia més o menys la vostra edat...

La idea que la història d'amor entre el pare i la mare hagués nascut quan la Dàlia tenia la seva edat va atiar encara més la curiositat de les noies.

—Si tu tenies prop d'onze anys, el papa quants en tenia? —va preguntar la Vainilla.

—Deu més —va respondre la Dàlia—. L'havia vist un dia mentre, per guanyar uns quants diners, ajudava l'avi d'en Robin Windflower a esquilar les ovelles. Era fort, però també molt amable, i feia els possibles per no espantar aquells pobres animals. Des d'aquell moment no vaig fer res més que trobar-me'l pertot arreu i cada vegada em semblava més guapo. Un príncep!

Les bessones van riure.

—No, de debò. Era guapíssim! —va protestar la mama.

—No riem per això —va explicar la Pervinca—. El papa encara és guapo. Riem de com ho has dit: «Un príncep»!

—I tant! Perquè no només era guapo, també era seriós i educat, molt alt i amb un aspecte molt elegant! A més a més, sempre somreia. Aquella nit, asseguts al prat... jo era tan feliç que hauria fet qualsevol cosa per conquistar-lo.

—Fins i tot renegar de la teva «bruixositat»? —va preguntar la Vi, que evidentment el trobava un gest incomprensible. La Dàlia va arronsar les espatlles.

—Admeto que sí —va dir, avergonyint-se'n una mica.

En Cícero no es va deixar commoure.

—I tant que ho va fer! —va exclamar—. Vaig estar prop de mitja hora com un ximple renegant de les bruixes fins que, en un llampec de lucidesa, vaig recordar amb qui estava parlant. M'hauria volgut morir i vaig pregar que el terra s'obrís sota meu. I m'hauria llançat de genolls a implorar el seu perdó, si ella no s'hagués anticipat declarant que l'única bruixa de la família era la seva germana, mentre que ella no ho era pas.

—MAMA!

—I tu te la vas creure?

—En aquell moment m'hauria cregut qualsevol cosa que hagués sortit de la seva boca.

—I després? —va preguntar la Vainilla.

—Després, llesta com només ho pot ser una bruixa, em va arruïnar les vacances.

—Va anar amb tu?

—Tot al contrari— va revelar en Cícero—. Va insistir perquè me n'anés sense ella, sabent molt bé que d'aquella manera jo no em divertiria. I de fet, no em vaig divertir. Estava gelós i els núvols ja no m'interessaven, només volia tornar amb aquella noia bonica i sense poders, però ella em va fer esperar fins a la tardor...

—Bé, l'escola tornava a començar i m'havia de preparar —es va justificar la Dàlia—. Aquell dia feia un fred terrible i sabeu on em va portar el papa? Al moll, a veure la tempesta de mar.

—Oh, que romàntic —va sospirar la Vainilla, que adorava les tempestes de mar.

—Hauria estat romàntic si m'hagués escalfat amb el seu abric o m'hagués estret entre els seus braços, en lloc d'estar-se amb les mans a les butxaques explicant-me com es formaven les onades i com se'n mesurava la velocitat, etcètera, etcètera!

En Cícero va fer una cara que deia: «Pots comptar!».

—És ben veritat! Estava gelada i ofesa i per això vaig dir que volia tornar a casa. Ell em va acompanyar i...

—Continua, continua —la va desafiar en aquell moment el senyor Cícero, irònic—. Digue'ls el que vas fer.

—Jo? Què vas fer tu! Estàvem a la porta: vaig allargar la mà al papa per saludar-lo i ell m'acosta cap a ell i em fa un petó.

—Uau! Això sí que és romàntic!

—Oh, no, no ho és —va anunciar en Cícero—, perquè abans que la pogués ni fregar, ja m'havia transformat en un pollastre!

—Era una gavina —va concretar la Dàlia—. El cas és que no m'ho esperava, era el primer petó de la meva vida i jo... no sabia com m'havia de comportar en aquests casos. Em va entrar el pànic, és clar.

—Oh, mama! De debò que després de dir-li que no eres una bruixa, vas i el transformes en una gavina?

—Sí —va respondre en Cícero—. Vaig haver d'anar a dormir a la llar de foc dels Burdock per no morir de fred!

—Però l'endemà al matí et vaig venir a buscar amb la Lilà, i ella et va retornar l'aspecte. I durant quants dies em vaig disculpar?

—De fet —va intervenir aleshores la Tomelilla—, sabeu bé que la vostra mare va fer molt més que disculpar-se. Per amor al vostre pare va renunciar als poders, tot i que ell —es va tombar per mirar-lo amb un somriure amable— no l'hi havia demanat mai.

—I tots van viure feliços i van menjar anissos! —va exclamar aleshores la Pervinca—. Quina història més bonica. Per què no l'heu explicada mai?

—Perquè en el fons és la història d'una mentida —va explicar la Dàlia—. I no vull que n'aprengueu.

—Bé, però no era una mentida greu, i després tu hi vas posar remei.

—Les mentides no s'han de dir, i prou. Encara que es pensi que se'n tenen bones raons, mai no seran prou bones. A més a més, si diem mentides correm el risc que no ens creguin quan diguem la veritat.

—Això li va passar a en Jim —va confirmar en Cícero—. Ahir a la nit, després que descobríssim que ens havia mentit sobre l'edat, no vam creure res més del que ens deia. Imagineu quan va dir que s'havia escapat de casa perquè havia descobert que el seu avi era un pirata! En Duff es va posar a riure i el va engegar al dimoni! I potser sí, que era veritat...

Cloc! Es va sentir en aquell moment.

A les bessones els havien caigut els coberts al plat.

NOU

El Secret d'en Jim

RERE LA PISTA D'UN PIRATA

«Pensa una mica, un pirata! I potser de la mateixa casta pèssima dels pirates que van assaltar la nau del capità Talbooth... si és que ell era el capità de la nau...».

—Ho vaig explicar ahir a la nit —va dir el senyor Cícero—. Es veu que en Jim va trobar a l'estudi de l'avi un llibre determinat, un diari de bord en què hi havia apuntats, amb orgullosa precisió, les tècniques d'abordatge, les naus assaltades, els tresors robats i un mapa. L'autor del diari firmava amb un nom de batalla, però en Jim va reconèixer l'escriptura i va quedar sorprès, tant que la mateixa nit va arreplegar les coses i va deixar casa seva. I va arribar fins aquí.

—Ja no tinc més gana —va dir la Vainilla amb un fil de veu.

—Que no et trobes bé, reina? —va preguntar la Dàlia.

La Babú va respondre que no amb el cap i va demanar permís per aixecar-se. La Pervinca va fer el mateix.

—Així l'acompanyo a dalt i li faig companyia —va dir.

La Dàlia va posar dues pomes a les mans de les noies i a la Babú li va fer un petó al front.

—Bé, sí, estàs una mica calenta —va dir—. Vols una camamilla?

—Jo sí —va dir la Pervinca.

—Molt bé, d'aquí a una estona us la portaré. Renteu-vos i fiqueu-vos al llit.

Mentre la Vainilla s'arrossegava per les escales, la Pervinca va saltar els graons de dos en dos i va córrer endavant a obrir la porta. Semblava una copa de cava en què hagués caigut un terròs de sucre.

—Quin dia! —va exclamar llançant-se sobre el llit—. Primer el capità Talbooth, després la mama que transforma el papa en una gavina i ara... l'avi d'en Jim que és un pirata! Increïble, no?

—Sí —va ser la resposta lacònica de la Babú.

—En Jim t'havia dit que el seu avi era un pirata?

—No.

—Potser és veritat —va dir la Vainilla entrant al bany per rentar-se les dents—, també a mi em va dir que se n'havia anat de casa, i hi ha una altra cosa... —es va interrompre per glopejar i esbandir la pasta de dents.

—Quina altra cosa?

—Les caixes.

—Quines caixes? —La Vi va fer voleiar els vestits sobre la cadira.

—El dia que el vam conèixer, a casa de la Flox, te'n recordes? Va dir que les ganes de voltar món li havien vingut de llegir llibres que el seu avi havia trobat dins de les caixes...

—Ah, sí, les que el mar havia llençat a la riba.

—Exacte. Després, però, va precisar que dins de les mateixes caixes el seu avi també havia trobat or i joies, recordes?

La Pervinca va obrir les mantes.

—És clar! —va dir—. L'avi va mentir! Les caixes no eren a la platja, les havia trobat ell! Eren el tresor del pirata!

—És una hipòtesi —va concloure la Babú traient la camisa de nit de sota el coixí.

—Ja dorms? —li va preguntar la Pervinca—. No vols venir aquí? Així m'expliques el que t'ha dit en Jim.

La Vainilla va respondre amb un gran badall.

—Gràcies, però tinc molta son, em sembla que m'adormiré de seguida.

—No, no, espera —va insistir la Pervinca—, no pots dormir. No va bé dormir quan estem massa cansats i amb el cap ple de pensaments, acabem tenint malsons i l'endemà ens despertem de mal humor. Ho sé molt bé. Vinga, buida el pap, abans que arribi la camamilla, i digue'm què penses del Capità i què t'ha dit en Jim abans de marxar. Estàs segura que no t'ha parlat d'un diari de bord?

—Sí —va sospirar la Babú abraçant el coixí. I amb un segon badall va afegir—: Del Capità no sé què pensar i en Jim... ha parlat amb mi.

—Heu estat fora quinze minuts, em preocuparia si no ho hagués fet. I de què t'ha parlat? És a dir, no vull saber-ne els detalls, imagina... però sí el suc...

—M'ha fet una proposta.

—Ah! —va riure irònica la Vi—. Si és com la que m'ha fet en Grisam a mi, n'hi ha per riure.

—Quina proposta t'ha fet en Grisam?

—M'ha demanat que m'hi casés!

La Vainilla va saltar com una molla.

—QUÈ? I no me n'has dit res?

—Bé, ha dit que si quan som grans em caso amb algú altre, em transformarà en una pasterada de fang i cucs.

—Déus! —va sospirar la Vainilla enfonsant-se—. Esteu ben bé fets l'un per a l'altra.

—En Jim, en canvi?

La camamilla va salvar la Babú de donar cap altra resposta. Les intrigues, les mentides i els misteris no feien per a ella. La Pervinca tenia raó a dir que aquell dia havia portat prou coses: el capità que no era un capità, en Jim que no tenia divuit anys sinó setze, i no estava de vacances, sinó que fugia d'un pirata, i ara sa mare que havia dit a son pare que no era una bruixa... La ment lineal i sincera de la Vainilla no estava feta per a aquesta mena de coses. Era veritat que tenia el cap ple de pensaments, però aquella nit no va aconseguir dir-ne cap a sa germana perquè... no sabia què dir.

Va xarrupar la camamilla, mentre la Vi, sensible a la infusió, finalment es relaxava en el seu propi llit.

La Dàlia els va dir bona nit i el silenci va calar a la cambra. La Pervinca es va adormir gairebé de seguida. La Vainilla no, però. Va agafar la gata que havia estat del Capità i la va portar al llit.

—Feli —va dir fluixet, acariciant la gata, que roncava—, no t'ho hem preguntat. Què en penses, tu, de la carta que hem trobat al bagul?

—Oh, jo... bé, no ho sé —va dir volant-li pel costat—. No crec que sigui una broma, una mentida, com diu la Flox, i no crec que el Capità volgués mentir-vos.

Va reflexionar un moment.

—Em fa l'efecte —vaig continuar— que se'ns escapa alguna cosa, alguna cosa en què no pensem...

La Vainilla va acollir amb interès les meves paraules.

—Això em fa sentir millor —va dir—. És una bona possibilitat i estic contenta que l'hagis dit. Ara tinc una altra cosa en què pensar...

DEU

Joe Semprealasella

ALGÚ POTSER SAP...

«Joe Shuanmà? El guardià de l'escola? Aquell que tenia les cames tan tortes que al poble l'anomenaven "Joe Semprealasella", perquè caminava com si anés a la sella d'un cavall? El recordo! Has escrit que era un gran home! Fort, bo i generós amb tots els nens, tant amb els que havia conegut com amb els que coneixia. L'Horace McCrips l'estimava com un avi. Era el símbol d'aquella escola...».

L'endemà al matí, la Pervinca es va despertar de mal humor.

—He dormit fatal —va remugar girant-se d'esquena al despertador que acabava de sonar—. I he tingut malsons.

Vaig córrer les cortines. Els vidres estaven entelats pel gel, però un alegre frenesí agitava els pardals a les branques.

—Somriu —li vaig dir—, la primavera és a punt de començar.

No vaig obtenir resposta i quan em vaig tombar vaig veure la Vainilla que, descalça i immòbil, mirava fixament l'armari obert.

«Un matí preciós», vaig pensar.

—Vesteix-te, Babú —vaig dir, tenia la pell de gallina. Però ella no es va moure: mirava fixament els vestits penjats sense cap expressió. Aleshores vaig entendre que no pensava pas què posar-se, més aviat estava absorta. Tant que no s'adonava del fred que feia a l'habitació.

M'hi vaig apropar i li vaig bufar a l'orella. Va tornar en si, va agafar la primera cosa que tenia a mà i se la va posar. No era propi de la Babú comportar-se així. Li agradava estar bonica i per això triava amb cura els vestits i es divertia provant diferents colors fins que no trobava la combinació perfecta.

Tot i això, quan va baixar a esmorzar estava elegantíssima: portava un vestit sense mànigues de vellut color tabac sobre un jersei de coll alt blau pols i mitjons llargs escocesos de les mateixes tonalitats. Estava molt bé. La mama Dàlia li va fer un compliment i també l'hi hauria fet a la Pervinca si els seus vestits no haguessin estat tan rebregats.

—Quan aprendràs a posar-los a l'armari? —li va demanar desconsolada.

Finalment, les bessones van beure llet en silenci i en silenci van sortir per la porta.

—No em vas explicar res d'en Jim —va recordar la

Pervinca quan ja teníem l'edifici vermell a la vista.

—De fet, sí —va respondre la Vainilla—, però no te'n recordes.

Les primeres hores van passar de pressa.

La Pervinca va rebre una nota d'en Grisam, que la convidava a trobar-se al jardí durant la pausa, i la Flox en va enviar una a la Babú per preguntar-li com havia passat la nit.

A la pausa, es van reunir totes quatre a l'únic banc que no estava cobert per la neu. Van seure l'una al costat de l'altre, les mans dins les jaquetes i les cames esteses endavant, i durant una estona van observar els companys que xerraven i jugaven a la plaça. El senyor Joe, el guardià de l'escola, l'havia netejat i ara aquell petit espai ressaltava a la neu com una illa a l'oceà.

—Creieu que li hauríem de dir? —va preguntar en Grisam sense preavís. A la pregunta va seguir un sospir general.

—No ho sé, potser sí —va dir finalment la Pervinca, poc convençuda.

—Jo dic que ho hauríem de fer —va replicar la Vainilla—. En el fons, el Capità era amic de tothom. Si som una colla, ho devem a ell. Quin dret tenim de callar la veritat als nostres companys?

—Per això hauríem de llegir la seva carta... —va deduir en Grisam—. Em sento malament només de pensar-ho. Penseu en en Pardalet!

Les noies es van esgarrifar. En Robin era el més lleial al Capità. En William Talbooth havia cregut en ell des del principi, l'únic que hauria confiat en aquell noi tot pell i ossos. Li havia ensenyat a pescar, a pilotar el Bonhom, a tenir les xarxes ordenades, a fer nusos, a reconèixer la direcció del vent mirant les barques, a identificar les zones pesqueres, a no fer patir els peixos... Aquella amistat havia canviat en Pardalet profundament i el primer senyal havia estat que el jove Robin Windflower havia deixat de quequejar. Com es prendria aquella carta?

—Sou els que suspendran a final de curs? —va preguntar una veu darrere seu. Les quatre es van sobresaltar.

—Joe! Però d'on surts?

—Netejava el camí de neu —va respondre el guardià—. Em fa riure haver-vos espantat a vosaltres! Molt de riure, de debò.

Ja.

El senyor Joe Shuanmà era una persona gran, tranquil·la, una mica ingènua i molt bona, i això fa fàcil imaginar fins a quin punt se n'aprofitaven els alumnes de l'Horace McCrips. Com el Capità Talbooth, era una presa fàcil i potser no per casualitat tots dos homes havien estat grans amics. Tenien més o menys la mateixa edat i el mateix cor gran com una muntanya, i fins que el Capità havia estat viu havien compartit moltes coses, i sovint les mateixes bromes. Quan el Capità se n'havia anat, els nois havien deixat de turmentar el guardià durant un temps i se li havien apropat. Després, com que el senyor Joe havia tornat a somriure, els nois havien començat a fer bromes. Tots, absolutament!

La Pervinca, pots comptar, sempre s'havia divertit, i en cinc anys, a aquell pobre home, li havia fet tota mena de bromes. Un cop, amb en Grisam i en Pardalet, havien entrat a l'aula de ciències i des d'allí havien aconseguit esmunyir-se en els recintes d'animals que el senyor Joe cuidava com un pare afectuós. Amb un encanteri havien invertit cues, peülles, orelles i fins i tot les maneres a porquets, oques, ànecs, ases, cabretes... Quan en Joe havia entrat per distribuir el pinso als seus protegits, s'havia trobat davant d'oques que bramaven, cabretes que es delectaven en vols acrobàtics deixant caure aquí i allà plomes suaus, porcs que es banyegaven entre ells... un havia intentat banyegar el senyor Joe i se n'havia sortit; mentrestant els ases covaven els ous als nius de les oques, que al seu torn intentaven treure'ls amb cops de peu forts... De poc que el guardià no s'hi havia quedat.

No és que la Babú fos innocent. Fins i tot ella, amb l'ajuda de la Flox i de la Nepta Rose, un dia va aconseguir fer-lo posar verd de por.

Faltava poc per al final de les classes i la prova de final d'any esperava els alumnes amb candeletes. Les tres amigues podrien cantar juntes una obra a *cappella*, és a dir, sense l'acompanyament d'instruments musicals.

No era una tasca fàcil i per això les joves artistes dedicaven cada segon a assajar i tornar a assajar, juntes o soles: la pausa, la tornada de l'escola, alguna hora a la tarda, el matí al bany... Després d'uns quants dies, ningú no les suportava. N'hi havia prou que una entonés la primera nota perquè tothom cridés de desesperació. Però la prova era important, tot el poble hi assistiria i elles no podien quedar malament!

Així, la Flox va tenir una gran idea: baixarien a la gruta que hi havia sota l'escola, on portaven els nois en cas de perill, i assajarien allà on ningú les podria sentir. La Vainilla de seguida en va recelar: cada vegada que havia secundat una idea estrambòtica de la Flox havia tingut problemes. Tanmateix, si s'ho pensava bé, no semblava que hi hagués inconvenients. Per això, finalment, va acceptar.

L'endemà a la tarda, després que tots van haver sortit, les tres amigues van obrir la trapa del passadís i van baixar l'estreta escala de cargol que, pel que en sabien, s'endinsava en la foscor fins al centre de la Terra. Cap dels alumnes, de fet, n'havia vist mai el final, ja que l'entrada de la gruta estava al graó doscents setanta-cinc.

—La porta està entreoberta —va murmurar la

Babú, que a partir del graó dos-cents setanta-cinc havia començat a palpar les parets.

Mentre les tres amigues empenyien la pesada llosa de ferro, la Vainilla va sentir que un corrent d'aire fred li tocava la cara. Era ben fosc i durant un moment el valor li va vacil·lar.

—Tornem a dalt —va dir— i anem a assajar al bosc, a la llum!

Heu de saber que aleshores la Babú tenia nou anys i encara no era una bruixa a tots els efectes: volava, sí, però no sabia que era una Bruixa de la llum i per això ignorava que podia encendre una branca de ginesta, o il·luminar una pedra, com un dia, de fet, faria amb gran naturalitat.

—No, no, espera —la va tranquil·litzar la Flox—. Tinc una torxa a la butxaca.

Amb la torxa, la bruixeta de la foscor va obrir camí a la gruta i va tornar a donar valor a la Vainilla.

Asseguda a terra, amb l'esquena contra la paret de roca, il·luminades pel resplendor de la torxa, les tres amigues van entonar finalment la seva música, fort com mai no s'havien atrevit. I amb quina satisfacció! El sostre de volta inflava i donava potència a les seves veus com la més gran i la més perfecta de les caixes harmòniques. Quina meravella! Si no hagués estat per...

Els potents «Uuuh» i els inflats «Oooh» dels cors es van insinuar sota el portal i com espires de fum van pujar cap amunt. Fins a la trapa, sobre la qual el pobre Joe Shuanmà estava, de quatre potes, rentant el paviment. A causa de la pesant llosa de marbre que n'obstaculitzava el pas, les notes van arribar a les orelles del guardià horrorosament deformades. No era un cant melodiós, sinó un lament atroç, gèlid i lúgubre el que aquell pobrissó va sentir que sortia de les entranyes de la Terra.

Un calfred histèric es va apoderar del guardià que va deixar el drap, va començar a petar les dents fortament i a lliscar sobre el sabó amb la inútil temptativa d'aixecar-se i fugir. Els seus crits de terror van arribar fins a la gruta i van espantar les noies. Amb un espant de mort, la Vainilla, la Flox i la Nepta es van precipitar per l'escala i van empènyer la trapa per sortir. En sentir que se li movia a sota, l'ara ja aterrit Joe estava convençut que l'Hòrrid havia pujat per agafar-lo i emportar-se'l. Vençut per la por, es va desmaiar.

Quan el van trobar, tots plegats van trobar complicat entendre com havien arribat a aquella situació.

—Joe —va dir en Grisam, aixecant-se del banc i apropant-se al guardià—. Tu i en William Talbooth parlàveu molt?

—Aaah, vigila què dius, nebot d'en Burdock! —va respondre el senyor Joe, desafiant—. Us conec, a vosaltres, sou els mags dels enganys.

—Res d'enganys, Joe, només és curiositat: éreu els clàssics amics que s'ho expliquen tot?

El guardià va deixar de cavar la neu i, esbufegant, es va aixecar el barret i el va recolzar a la pala:

—Dispara, noi, què vols saber? Tinc poc temps i molta feina.

—Només això —va respondre en Grisam dissimulant, amb les mans a la butxaca i la cara distesa, com si no li interessés gaire—. En Talbooth et va explicar mai cap... secret?

En Joe el va mirar de biaix.

—Si eren secrets, encara ho són. Què et passa pel cap?

L'astut mag va entendre que si volia informació n'havia de donar a canvi.

—T'ho pregunto perquè hem trobat una estranya carta al bagul que em va deixar el Capità.

—Tens sort que hi hagués alguna cosa a dins —va respondre el guardià mentre tornava a cavar.

—Estava firmada per un tal Capità Edward Temby, l'havies sentit mai?

—Mai!

—I... Charles Bullet?

El senyor Joe va arronsar les espatlles.

«Uhm...», deia l'expressió de la cara d'en Grisam.

—N'estàs segur, Joe? Bullet, Charles Bullet? Sunboat...

—És clar! —va respondre en Joe sense tombar-

Mentaflorida
dels Senders
Ritus
Màgies &
Encanteris
d'Amor

A les bruixes que senten
les papallones a la panxa
i a qui les sentirà aviat...

Bruixa Mentaflorida dels Senders

El Paó

Pavo cristatus

Bell i majestuós,
crea amb les llargues plomes de la cua
un ventall regi i només per a ell
fa vibrar les ales inflades, mentre que
al pit mostra el blau més bonic
de la natura.
És un encanteri esbalaïdor...

El Pop

Octopus vulgaris

Els polps més romàntics,
quan estan enamorats,
porten pedretes blaves
davant dels caus
de les seves
amades i les
hi deixen amb
l'esperança que
apreciïn el regal i acceptin
sortir a fer vuit passos
entre els coralls.

El Cigne

Cygnus olor

Els cignes estan junts
tota la vida. Cada any,
amb l'arribada de l'estació dels amors,
la parella fa una romàntica
desfilada nupcial, feta d'espectaculars
evolucions que uneix, un cop més,
el lligam entre els dos enamorats.

La Mosca del Vinagre

Hilara sartor

En els insectes, el mascle acostuma
a donar a la femella que vol conquistar
un capoll de seda en què hi ha
una petita presa embolicada.
I si ella és vegetariana?
Aleshores el capoll estarà... buit.
I ella, que ho entén, ho apreciarà,
perquè, com es diu,
«amb el detall ja n'hi ha prou!».

L'enamorat Teixidor

Ploceus cucullatus

Entreteixint fils d'herba,
ha teixit per a nosaltres grans nius de seda.
Però la princesa ocelleta té els gustos difícils
i així el teixidor en construeix més d'un,
per tal que l'estimada pugui triar el més còmode,
i amb els fils d'herba
més suaus i verds.

Tyto alba alba

L'Òliba

Un crit sibilant, com un buf contingut, n'anuncia l'arribada. Vola baix sobre la neu, àgil i, silenciosa, i amb profunds i ràpids batecs d'ales s'apropa a la femella, que, quieta a la branca d'un pi, espera rebre la presa que el mascle li portarà.

Phausis splendidula

La Lluerna

Les nits sense lluna, entre les branques dels arbres, o en els prats foscos, les lluernes enamorades emeten resplendors màgiques. Els mascles, en vol, embadalits per aquella màgia, responen al seu torn amb senyals lluminosos i el camp s'encén amb mil llums encantadores. És l'estiu!

L'Alosa

Alauda arvensis

Durant el vol nupcial,
el mascle vola en vertical fent
lents girs i puja, puja, puja, puja...
fins a un centenar de metres i fins i tot més
llançant el seu cant bellíssim
e inconfusible sobre els bruguerars.
Quan el cant
s'interromp, l'ocellet es deixa
caure gairebé fins a terra per després
reprendre el seu vol nupcial.

El Pit-roig

Erithacus rubecola

Des de fa una mica
de temps, als pobles, els pit-roigs
enamorats canten de nit
o quan es fa fosc,
ja que de dia el soroll impedeix
que les gracioses pit-roges
escoltin les romàntiques
serenates que els mascles
canten en honor seu.

El Cavallet de Mar

Hippocampus guttulatus

Durant el festeig,
els cavallets de mar «vibren»
l'un cap a l'altre i «s'il·luminen».
Mientre estan entrelligats
per les cues, se'ls aclareixen
els cossos fins a esdevenir
blancs i el marsupi de la panxa
del cavallet pare es prepara
per acollir els petits que pon
la mare.

El Sorellet

Gasterosteus aculeatus

El sorellet és un peix,
però li encanta fer el niu com els ocells.
Així, quan arriba l'estació de l'amor,
el peix crea al fons un niu
d'algues i, amb danses espectaculars,
convida la femella a entrar-hi i pondre-hi
els ous dels quals naixeran
els petits sorellets.

El Castor

Castor fiber

Serra, tira, talla i trena,
i com un hàbil enginyer,
crea amb branques, troncs i fulles,
un ample i sòlid niu al llarg de les ribes dels rius.
Una mica humit, potser, però la mare castora
i els cadells que arriben l'adoraran!

El Cabussó

Podiceps cristatus

Els dos esposos mostren
sumptuosos plomalls negres!
És el costum nupcial! Aviat els
enamorats correran junts
sobre l'aigua, se submergiran i
emergiran portant al bec
les plantes aquàtiques útils
per construir el nou niu.

Aquest llibre ha pertangut a:

Mentaflorida dels Senderss

Clematis Pollimon

Violeta dels Senders

Margarita dels Senders

Viola McDale

Lila dels Senders

Vainilla Periwinkle

se—. No he sentit anomenar aquest vostre Charles Albert Bullet.

Hi havia caigut! En Joe Shuanmà coneixia en Bullet i ja que no en volia parlar potser en sabia també tota la resta. Però insistir, en aquell moment, era inútil. El vell guardià ja estava a la defensiva i no parlaria.

El grupet va decidir deixar-lo estar un mica i, després d'acomiadar-se'n, va tornar amb els amics a la plaça.

ONZE

La Colla es Reuneix

PERÒ EL CAU ÉS EN PERILL...

«El cau secret? Vols dir la barraca del Capità, on els nois es reuneixen per prendre decisions importants i organitzar noves aventures a recer dels ulls indiscrets dels adults? M'agrada tant aquell lloc...».

—Quines cares! —va exclamar en Pardalet en veure'ls arribar. Els altres el van envoltar.

—Què us passa?

—Per què estàveu apartats al banc?

—Heu fet una broma a en Joe?

—Hem de reunir la Colla —va anunciar en Grisam.

—Ha todnat el Teddible 21? —va preguntar alarmat l'Acant, apujant-se les ulleres amb el dit brut de tinta.

—No, és una història llarga, que té a veure amb el Capità.

—Ja ho sé! —va exclamar el petit Robin saltant d'un peu a l'altre amb les sabates xopes—. Voleu obrir el bagul!

—Ho vam fer ahir —va respondre en Grisam, i de seguida se'n va penedir. De fet, en Pardalet el mirava amb el nas arrufat de dalt a baix.

—Heu obert el bagul sense mi? —va grunyir amenaçador.

—Sí, però no t'enfadis.

El noi menut va esclatar com un petard.

—TRAÏDORS FASTIGOSOS! M'HAVÍEU D'ESPERAR! —va cridar. No parava quiet, ni quan estava tranquil, imagineu-lo enfadat. Va començar a saltar a la neu amb els peus junts, bellugant els braços.

—EL CAPITÀ TAMBÉ ERA AMIC MEU, EM FEIA IL·LUSIÓ VEURE EL BAGUL, PER QUÈ NO EM VAU ESPERAR? PER QUÈ? PER QUÈ?

Durant una estona, els amics el van mirar sense saber què dir per calmar-lo. Després, quan va haver fet tres voltes senceres al pati, en Grisam el va agafar per les espatlles i el va plantar a la neu fins a la cintura.

—Em mareges, et vols estar quiet? Aquell bagul, el Capità me'l va deixar a mi i si el vols veure només ho has de demanar.

En Pardalet no va dir res. Amb els cabells vermells, la cara encesa i amb flat, semblava una torxa que crepités al vent.

—Aquesta nit reunirem la Colla a la barraca del Capità —va dir el jove mag per calmar-lo— i aleshores us explicaré què hem trobat al bagul. Podeu venir tots?

Els nois van assentir. En Robin va grunyir el seu «sí».

Quan va arribar l'hora de la reunió, les bessones van tancar els llibres i es van llançar escales avall. Es van posar les mantellines i els botins encara mullats, van obrir la porta i... van xocar contra la tieta Tomelilla, que estava entrant.

—A què ve aquesta pressa? —va exclamar la bruixa—. Els banys no funcionen? O potser crema el terra?

—No, no, tieta, al contrari, sí, o sigui... no, fins després.

La van saludar i van sortir disparades com llebres.

—Mireu que demà hi ha lliçó de màgia! —va cridar-los la Tomelilla—. No us comprometeu!

Les noies van fer un senyal per demostrar-li que ho havien entès i van córrer cap avall pel carrer que duia al port.

En Grisam ja hi era, però alguna cosa no quadrava...

—Què fa la «Cara-de-Faisà» davant de la barraca? —va preguntar la Vainilla indignada—. Què passa?

La dona de l'Alcalde estava dreta als graons mentre en Grisam, al llindar, se li oposava amb els braços plegats i les cames ben plantades. Ben a prop, el senyor Demenzio Hobbs, el secretari de l'Alcalde, observava empipat l'escena.

—Oh vaja, només faltàveu vosaltres tres! —va comentar la Madame Pimpernel en veure'ls arribar—. Amb ell no n'hi havia prou...

Ell era en Grisam, naturalment, el noi impertinent que, segons l'Alcaldessa, com l'anomenaven els nois, sense tenir-hi cap dret, li impedia l'accés a la barraca.

—La vol buidar! —va explicar el jove a les noies—. Quan he arribat ja era aquí furgant-ho tot.

—Com ja t'he explicat deu mil vegades, Burdock, l'Alcalde ha decidit dedicar un museu al Capità i m'ha demanat a mi, perquè tinc bon gust i hi entenc, que vingui a triar, entre els trossos que han quedat, els que més mereixen que s'exposin, i AQUELLA cadira amb AQUELLA estufa s'ho mereixen DECIDIDAMENT. HO HAS ENTÈS ARA O T'HO HE D'EXPLICAR UN ALTRE COP? —va cridar la senyora perdent del tot la poca paciència que tenia.

En Grisam, fort, també perquè estaven arribant els companys, no va cedir ni un sol pas.

—Aquest lloc és nostre, senyora! —va rebatre sec, però educat—. El Capità ens l'ha deixat i fins que no vegi l'Alcalde, ni vostè ni ningú s'endurà d'aquí ni un sol ham!

—Demenzio, treu aquest caparrut! —va ordenar la Pimpernel apartant-se.

El senyor Hobbs va avançar dos passos i després va intuir que cap dels nois, que ara tapaven l'entrada, el deixaria passar i hi va renunciar.

—Vol que vagi a buscar Sa Excel·lència l'Alcalde, senyora? —va preguntar, fent una mena de somriure. La Cara-de-Faisà el va mirar fixament durant un segon. Després va aixecar el nas i va fer tremolar el llavi inferior.

—El meu marit està molt malalt —va balbucejar eixugant-se una llàgrima amb un mocador de randa—. Té febre, pobre home, i si sabés què m'estan fent aquests pocavergonyes... —va sanglotar greument i va afegir—: encara es posaria més malalt.

—Oh, vaja... —va sospirar en Grisam—. Senyora Pimpernel, ningú no li està fent res. Només protegim un dret que tenim i no pretenem desistir. Això és tot.

—D'acord! —va remugar aleshores l'Alcaldessa girant-se bruscament d'esquena—. Vosaltres ho heu volgut! Tornaré amb algú que no es deixi atemorir per quatre mocosos i netejaré aquesta barraca fastigosa!

En passar per davant del secretari el va colpejar amb el mocador:

—Amb tu passarem comptes després, Hobbs! —li va murmurar a la punta del nas. El senyor Hobbs es va posar vermell i va mostrar als nois una cara de ratolí afamat.

—Fa broma —va dir amb un somriure trist.

Quan la parella còmica va tombar la cantonada, els nois van fer un salt d'alegria:

—VISCA EN GRISAM! —van cridar tots junts—. VISCA EL NOSTRE NOU CAPITÀ! —i es van llançar sobre el noi per abraçar-lo i felicitar-se. En Grisam semblava menys satisfet.

—Atenció, que segur que torna —va dir, intentant resistir l'assalt dels companys—. Hem de parlar amb l'Alcalde.

—Ara? —va preguntar en Pardalet—. Però jo vull saber què hi ha al bagul!

—Jo també! —li va fer eco l'Acant.

—Hem vingut expressament per això.

—Jo per poc no puc venir...

—D'acord —va sospirar el mag—, hi anirem després, però no menystingueu la Cara-de-Faisà, podria ser molt perillosa...

DOTZE

La Hipòtesi dels Joves Savis

I ALGÚ ES REBEL·LA

«Sospitem que sabem qui... Pobret, el més petit del grup, menut com un ocellet, per això els nois li duien Pardalet, oi, Felí?».

Mentre els nois agafaven lloc sobre les caixes, sobre les galledes tombades, en improvisats tamborets i sobre una vella bita recuperada de qui sap on, de fet tot allò que quedava per seure a la barraca del Capità, les noies van organitzar l'esmorzar.

En Grisam havia portat dues safates de dolços acabats de fer i l'Acant Bugle havia carregat una gerra de suc de peres i dos gerros de xocolata tèbia.

—Primer mengem o primer ens expliqueu el que heu trobat al bagul? —va preguntar la Nepta.

—I si mengéssim mentre ho expliqueu? —la proposta arribava del llaminer Celastre Buttercup, que des que havia entrat no havia tret els ulls dels pastissos de la senyora Marta.

En Grisam va optar per aquesta última possibilitat:

els farcells de crema serien la notícia menys amarga. Mentre la Vainilla passava amb la primera safata, i la Pervinca repartia les begudes, la Flox va arribar amb el Rosec, el gos del senyor McMike.

—Que pot entrar? —va preguntar la bruixeta.

—Sí, si no es menja els nostres dolços.

—Oh, bé, també li tocarà una galeteta, pobre.

Així, mentre els dos últims a arribar se servien, en Grisam va obrir la carta.

—Hem trobat aquesta carta al bagul del Capità —va dir mostrant els fulls als nois— i és molt interessant. Us prego que em deixeu acabar de llegir abans d'intervenir i no en tragueu conclusions precipitades, com sé que espontàniament fareu.

Es va alçar un rumor des del públic jove i en Grisam va haver d'aixecar la veu.

—Si algú, en acabat, no ho ha entès, és millor que ho digui sense vergonya ja que nosaltres també hem hagut de llegir aquesta carta dues o tres vegades, de tan increïble que sonava el contingut. Sisplau, calleu i escolteu... —es va aclarir la veu, va fer una llarga respiració i va començar a llegir.

La primera part de la carta va anar bastant bé: algú va demanar que es repetís una paraula, algú fins i tot va badallar i ningú no va semblar especialment sorprès perquè ja havien sentit aquella narració del seu Capità.

Tanmateix, quan en Grisam va arribar al punt fatídic, ningú no es va moure. Els dolços es van quedar suspesos a l'aire, les boques obertes, els ulls esbatanats...

La Vainilla, la Flox i la Pervinca van intercanviar una mirada furtiva: anava pitjor d'allò que es temien. En Grisam, en canvi, no va tenir forces per aixecar la mirada. Va tossir una mica i doblegant la carta va preguntar:

—Hi ha cap pregunta?

Es van alçar totes les mans a l'uníson per una única pregunta: qui era l'Edward Temby?

—No ho sabem —va respondre en Grisam—. Si fem cas del que hi ha escrit aquí, era el Capità de l'*Isabella II*, però...

—El Capità de l'*Isabella II* era en William Talbooth —el va interrompre en Pardalet.

—Perquè aquest senyor Temby diu que en Talbooth era un rodamón puçós? —va preguntar la jove Buttercup.

—L'odiava?

—Era un enemic del Capità?

—Qui és l'Anna?

—Què és el lli?

—Puc anar a fer pipí?

—Sí, Sophie, pots anar a fer pipí —va respondre en Grisam desesperat—, almenys tu has fet una pregunta fàcil. Les altres encara no les sabem respondre. Per això hem reunit la Colla: és un misteri en què haurem de treballar tots plegats, sense oblidar el nostre lema: «La confiança en els amics!».

Amb aquelles paraules, en Celastre es va aixecar i va agafar un altre farcell de crema.

—No puc pensar amb la panxa buida —va dir. Senyal que almenys s'afegia a la proposta d'en Grisam de posar en funcionament tots els cervells i trobar junts una possible explicació a aquella carta. Amb l'alleujament del mag i de les noies, l'exemple va ajudar els altres i la discussió es va fer més ordenada.

—Suggedeixo que qui tingui pdeguntes a fer, aixequi la mà i abans de fed-les pensi bé el que vol pdeguntar —va proposar l'Acant. I de seguida va aixecar la mà—: Jo hi he pensat i us pdegunto: ped què el Capità haudia volgut mentid-nos? Quina daó podia tenir?

La Nepta també va aixecar la mà i va dir:

—Potser volia que tinguéssim el millor record possible d'ell.

—És una bona desposta, Nepta —va dir l'Acant molt educadament—, pedò estadàs d'acod amb mi que en deixar el bagul a en Gdisam, el Capità sabia que tad o d'hoda tobadíem la cadta i descobdidíem la veditat.

—Sí...

Es va fer un silenci i els nois van començar a pensar, cadascú pel seu compte.

Després d'uns quants minuts, la Flox va aixecar la mà.

—I si hagués dit una mentida i després se n'hagués penedit i precisament per això hagués deixat el bagul a en Grisam, perquè descobríssim la seva autèntica identitat?

—Nooo —va dir en Francis Corbirock—. El Capità no era un covard, si se n'hagués penedit ens ho hauria dit. No volia fer merder amb el bagul, era un home pràctic.

—I ordenat —va afegir la Vainilla—. Casa seva, la barraca, la barca, no semblaven precisament a mans d'un rodamón puçós: recordeu que bonic i sumptuós era aquest lloc el primer cop que hi vam entrar? Ens vam quedar bocabadats...

—És veritat, fins i tot hi havia cortines acabades de posar —va intervenir la Flox—. I perfum de sabó.

—Sí, però això no prova res —va respondre la Pervinca—. En Talbooth podia haver estat un rodamón puçós fins que va embarcar. Després, un cop arribat aquí, va aprendre dels ciutadans de Fairy Oak les bones maneres i va trobar algunes coses al mar amb les quals acabar d'arreglar la casa i la barraca. A més a més, sabem que no tot el que hi havia dins va arribar del mar, moltes coses li van regalar al Capità els nostres avis i oncles...

—Ximpleries —va replicar en Pardalet—. No recordeu les inicials de la tetera i del bagul?

—Si hi penses, Robin, William E. Talbooth i W. Edward Temby tenen les mateixes inicials. Afegeix la «C» de Capità al principi i el bagul d'un pot ser també el bagul de l'altre.

—Si fos com dius, Vi —va tornar a intervenir en Pardalet—, si aquell bagul era d'en Temby, per què el Capità el va conservar d'aquella manera i mentre era viu no va deixar que en Grisam se li acostés?

—Potser perquè sabia que en Grisam parla amb els objectes i podia descobrir la veritat. No dic que hagi passat de debò, Pardalet, només proposo una possibilitat que hem de tenir en compte.

—És... és una possibilitat absurda —va respondre en Robin i va anar a seure sol en un racó.

—Potser no va mentir a posta —va intervenir la Flox—, potser senzillament se'n va recordar malament, va prendre com a records seus els d'un altre, es va confondre.

—Estimada Flox, no has aixecat la mà, pedò has dit una cosa molt intedessant —es va alegrar l'Acant—. És a dir, segons tu, quan en Talbooth va decupedar la memòdia va pensar que eda el Capità Temby... Això és molt possible i molt cohedent amb el cadàcted sincer del nostde estimat amic.

—Però... però sentiu què esteu dient? —va exclamar en Robin incrèdul—. Esteu... esteu parlant de William Talbooth, el NOSTRE CAPITÀ! I... i dieu que era una mitja cerilla, un home inútil, groller i puçós, abandonat com un gos als carrers del propi comandant i salvat d'aquest «Capità Temby»... —en Pardalet va pronunciar el nom amb un menyspreu profund—. I... qui l'ha sentit mai? En William... William Talbooth era el capità de l'*Isabella II* i va naufragar al llarg de les nostres costes després que els pirates l'abordessin. Final... final de la història!

En Pardalet havia tornat a balbucejar.

—No esperem res més que això, Robin —es va afanyar a dir la Vainilla—, però en voldríem estar segurs. Per desgràcia, la carta que hem trobat posa en dubte la sinceritat del nostre Capità: la vols ignorar?

—I si després, al final, descobrim que l'Edward Temby era l'autèntic capità de l'*Isabella II*... —va continuar la Pervinca apropant-se a en Pardalet i estrenyent-lo per les espatlles— ...bé, a qui li importa, no? El vell mariner era tanmateix una bona persona, potser confosa, però a nosaltres només ens ha fet el bé.

En Pardalet va apartar amb esforç el braç de la Vi.

—No —va dir, anant cap a la porta—. El... el meu Capità no mentia. Si... si ha mentit ja no és el meu Capità.

Va sortir, donant un fort cop de porta.

En Grisam va mirar els companys.

—Vosaltres també penseu així? —va preguntar seriós.

—Bé —va respondre l'Acant—, evidentment no sedia el mateix... Pedò com podem descobir la veditat?

—Ho hem d'indagar! —va respondre el jove mag—. Hi ha una persona al poble que sap molt més del que diu sobre el Capità.

—Qui? —van preguntar els nois.

—En Joe!

Mentre deia aquell nom, en Grisam va tenir un pensament: si el guardià de l'escola sabia el secret d'en Talbooth, com és que no havia perdut ni un bri d'estima i d'afecte per ell? El senyor Joe no era de la mena que es fa amic dels mentiders. Potser aleshores no sabia... Hi havia de parlar! L'havia de convèncer perquè se'n fiés i per sortir-se'n, ells també se n'havien de refiar.

En Grisam va confirmar als seus companys que investigaria i que aviat els posaria al corrent de les noves descobertes.

—I per a la barraca?

—Ah, sí! La Cara-de-Faisà! Gràcies, Francis, per recordar-ho. Hem de pensar en alguna cosa...

—Un encanteri! —va proposar la Vainilla—. Un dels vostres, vull dir —i va assenyalar la Pervinca i els altres Mags de la foscor—. Feu que desaparegui tot, o transformeu l'estufa i la cadira en alguna cosa fastigosa!

Era una bona idea! Quantes vegades havíem vist

en Talbooth bressolar-se en el balancí, endavant i enrere, al ritme del vell rellotge, explicant grans aventures... No era just que aquelles coses acabessin en mans de la Pimpernel!

—Un superfasticencanteri! —vaig exclamar impulsivament—. Que bé!

Admeto que l'exclamació potser era una mica forta per a una fada, però va fer efecte ja que la Piq, la Piffero, l'Ètal i fins i tot la fada pessimista Detutú, em van secundar.

—Sí, sí, feu un encanteri que protegeixi les coses del Capità! —va exclamar la Sentoelspolzesquepiquen.

—Transformeu-ho tot en llangardaixos i granotes —va concordar Quatrepètalsalcorobertheportatperatu.

—O en... polls!

—Escarabats!

—Milpeus!

—Puces!

—Paparres!

—Baves i berrugues!

—Ah! —va dir Nepta fastiguejada—. Em trobo malament.

—O en res de res! —va proposar en Grisam—. Podríem fer per manera que l'habitació sembli... buida!

Els nois hi van pensar un moment.

—Quina idea! —van dir—. És clar! Ho farem desaparèixer tot.

—Així l'Ogressa Alcaldessa es quedarà amb un pam de nas.

—I quan dufafà aquef encantefi? —va preguntar en Celastre amb la boca plena un altre cop.

—Bé, no per sempre —va respondre la Pervinca—. Només ens has de donar temps per parlar amb l'Alcalde i organitzar-ho tot.

—Ell sap que aquest és el nostre cau secret —va explicar la Vainilla— i estic segura que no ens el vol prendre.

—Deixarem la porta oberta —va explicar en Grisam.

—Oberta???

—És clar, qui es preocupa de tancar la porta d'una habitació buida?

—Ah... és clar.

—D'aquesta manera encara serà més creïble.

—Que lledt!

—Mags de la foscor, esteu preparats? —els va cridar la Pervinca—. Grisam, t'ocupes tu de la cadira? Faré invisible l'estufa i en Robin... Ah, sí, no hi és... Bé, els altres Mags faran desaparèixer la resta. Babú, emporta't en Rosec abans que desaparegui ell també. Preparats? Al meu ja: un... dos... tres... JA!

PUFF!

TRETZE

Encanteris d'Amor

UNA ESTRANYA LLIÇÓ DE MÀGIA

«Ja imagino l'ampla habitació circular, excavada sota la roca, on durant segles els Mags d'aquella família havien consultat grans toms polsosos i creat nous encanteris. Hi havia les lliçons de màgia, oi, Feli? A la Cambra dels Encanteris...».

L'endemà, La Vainilla i la Pervinca no tenien gaires ganes de seure en un banc, ni per escoltar una lliçó de màgia. Hi havia la qüestió del Capità, la barraca estava en perill i la Vainilla estava molt trista per la marxa d'en Jim... en definitiva, no era el moment adequat.

—De què va la lliçó d'avui, Feli, t'ho ha dit la tieta? —va preguntar la Vi mentre anaven pel passadís que portava a la Cambra dels Encanteris.

Des que havien demostrat que havien heretat els poders màgics, la Lalla Tomelilla els havia donat puntualment lliçons de màgia sàvies i fonamentals. No hi havia horaris ni dies preestablerts per a aquella mena d'ensenyament, a la Tomelilla li agradava improvisar, tot i que les bessones sabien que no hi hauria mai menys de tres cites a la setmana, sobre diverses matèries.

—No —va respondre—. Només m'ha dit que serà una lliçó diferent de les de sempre.

—Més difícil? —va preguntar la Babú.

—No ho crec, no. Potser el tema serà nou.

Van continuar en silenci, acompanyades per les ombres gracioses i grans que els seus barrets de punta projectaven sobre la paret de pedra.

Quan finalment vam creuar la porta i vam entrar a la Cambra, la Tomelilla estava alimentant el foc a la llar de foc. Sense girar-se, va ordenar a les bessones que seguessin al seu banc, i n'hi havia cinc, perquè de vegades a les lliçons de la bruixa més sàvia i honorable de tots els regnes màgics també hi participaven en Grisam Burdock, la Flox Pollimon i la Shirley Poppy. Aquell dia, però, només ens feia companyia l'antiga i familiar confusió d'aquell lloc, la tebior del foc i el perfum de les herbes medicinals esteses per assecar-se.

Les noies es van posar còmodes i com sempre van obrir la maleta vermella del curs de màgia.

—Què necessitem avui? —va preguntar la Vainilla.

La Tomelilla va agafar el seu barret de bruixa del faristol i aixecant-se una mica la faldilla va saltar una pila de llibres i va arribar al gran escriptori.

—Ah, a veure... —va dir mentre seia—, diria que res.

—Ni cisalles ni tisores? —va preguntar la Pervinca.

—No.

—Ni bosses de mussolina o plaques de botànica?

—No, no.

—Ni llapis ni quaderns?

—Sí, això sí —va respondre la bruixa obrint un gran llibre negre. Era un dels de sempre, amb la tapa gruixuda de pell, les tatxes als angles, l'olor de florit i la pinta avorrida. Des de les pàgines es va aixecar un núvol de pols i vaig veure com es dibuixava la desil·lusió a les cares de les bessones.

—Tingueu un minut de paciència —va dir la tieta—, he promès a l'Hortènsia que controlaria una cosa... Ah, sí, mira-la... Mmm, sí, tenia raó, ella, que estrany.

En dir això, la bruixa va tancar el llibre i el va posar a part.

—Aleshores, comencem?

Un somriure tímid va tornar a il·luminar els ulls de la Vi i la Babú.

—Oh, és clar... —va atacar la Tomelilla—. Amor! No sé si us n'he parlat mai...

—No, no —va respondre la Vainilla, de sobte radiant.

—A mi també m'ho semblava, de fet. La lliçó anirà sobre això. Ara, heu vist els ocells? Com que la neu cobreix la copa dels arbres, sembla que ja tinguin pressa per fer el niu.

—Jo sí, me n'he adonat —va dir la Vainilla.

—Senten l'arribada de la primavera, l'estació dels amors, dels nius i dels petits... —va continuar la Tomelilla—. Estan nerviosos i tenen raó, és una feinada trobar el company adequat amb qui construir casa i família. És una tria important i una responsabilitat.

—Hi ha animals a la naturalesa que es declarin amor etern, tieta?

—Alguns sí, els coloms, per exemple, els cignes, les àguiles i els albatros... si poden estan junts tota la vida.

—Sí, però no s'estimen com s'estimen els homes —va objectar la Pervinca.

—És veritat, però no menyspreïs els seus sentiments. Un animal pot patir moltíssim per la pèrdua del company. O barallar-se fins a la mort per ell.

—Com els cérvols que es barallen a cops de banya a la muntanya durant l'estiu?

—Això són les lluites dels mascles per la conquista de les femelles.

—Es maten per elles?

—Es desafien per demostrar qui és el més fort. Si poden, eviten matar-se. Contra un adversari massa fort, el més feble renuncia i s'allunya del ramat. Des d'aquell moment, durà una vida errant i solitària.

—És molt trist!

—Sí. Però com hem arribat a parlar d'això? La

classe és sobre les tècniques de festeig, no sobre els combats.

—Tècniques de festeig??? —la cara de la Pervinca es va tòrcer en una ganyota de disgust—. Agh! Quin horror!

La Tomelilla no li va fer cas i va treure del calaix un llibret amb tapa florida i molt romàntica que no havíem vist mai, i un títol que va fer posar vermelles les noies: «Ritus, Màgies i Encanteris d'amor».

—Aprendre els costums i els ritus de festeig dels animals us ajudarà a conèixe'ls millor i també... a evitar alguna desgràcia —va explicar.

—Aleshores no parlaràs dels éssers humans? —va preguntar la Vi una mica esperançada. La bruixa la va mirar amb estranyesa.

—Què hi pinten aquí, ara, els éssers humans? —va preguntar—. Si vols una classe d'aquesta mena, li hauràs de demanar a la teva mare.

—No, no, estic bé així, gràcies —va respondre la bruixa passant-se una mà pel front.

—Bé. Així, quina de vosaltres dues em sap dir quin és l'animal que per conquistar la seva companya crea amb la cua un ventall reial i amb els raigs de sol fa vibrar al pit el blau més bonic de la natura?

—El paó! —va respondre la Vainilla.

—Exacte. I com se sap si el paó que festeja la femella té intencions sinceres i honestes?

Les bessones es van mirar atònites.

—Potser el pare del paó femella li posa una forca al coll i l'hi demana? La primera vegada per les bones, la segona una mica menys, la tercera...

—Pervinca!

—Era una idea.

—Com es fa, tieta Tomelilla? —va preguntar interessadíssima la Babú.

—S'han d'observar bé les plomes de la cua, si n'hi ha una de color de figa salvatge, perquè en aquest cas està realment enamorat.

—De debò?

—No —va dir la Tomelilla–. Només volia veure si estàveu atentes. No hi ha cap manera, en realitat. Però, si te'l mires bé, és fàcil entendre si aquell paó és realment un paó o un mag que gasta alguna broma.

—I com?

La tieta va ensenyar el llibre.

—Mireu aquesta imatge: us sembla possible que un Mag, quan es transforma, pugui recordar tots aquests detalls?

De fet, entre la coroneta, les plomes i els colors... era un triomf de detalls o meravelles.

—Si no s'oblida d'alguna cosa, probablement s'equivocarà de crit.

—Per què, quin crit fan els paons?

—Horrorós! Molt desagradable. En antítesi total amb la seva bellesa i reialesa. Per això és fàcil caure en l'error i emetre el so equivocat.

La Lalla Tomelilla va mirar la Pervinca.

—I ara per què em mires així? —va preguntar sospitosa la jove bruixa.

—Perquè estic a punt de parlar d'aranyes.

—Sííí —va exultar la Vi—. També el meu Rex té dret d'enamorar-se, oi? Ara que hi penso, viu sobre el meu llit des de fa tres anys i no ha tingut mai xicota.

—Qui et diu que és un mascle? —li va preguntar la Vainilla.

—Ho sé.

—Per què?

—Fàcil: és gran, musculós, pelut... És un mascle.

—Home, Vi, les femelles també són així.

—La Babú té raó —va dir la Tomelilla—. I, de fet, en algunes espècies les femelles fins i tot són més grans que els mascles i... molt poc romàntiques, em temo.

—Deu ser per això que en Rex i jo ens entenem —va riure la Pervinca—. I què fan que sigui poc romàntic?

—Es mengen el company.

—Ah.

—Ja estàs contenta? —va preguntar la Babú—. Ara tornem als animals «normals», sisplau!

—Les mosques del vinagre —va proposar la tieta.

—Les mosques del vinagre???

No era això el que volia dir la Vainilla.

—No us ho creureu, però són dels més romàntics

—va explicar la Tomelilla—. Penseu que determinats insectes mascles tenen el costum de portar un regal a la femella que volen conquistar. Normalment es tracta de menjar: un tros de seda dins del qual el mascle ha embolicat un altre insecte, una presa.

—Agh! —va fer la Vainilla—. Estic contenta de no ser insecte.

—Oh, no ho diguis tan de pressa perquè en les espècies més evolucionades d'algunes mosques s'ha mantingut un costum simpàtic, el mascle regala a la femella un bri buit, que tot i així serà molt apreciat.

—Com si es digués «el detall és el que compta»?

—Això mateix. I compta prou! No és deliciós? Alguns éssers humans n'haurien d'aprendre...

«Com la Pimpernel, per exemple», vaig pensar jo.

—Ara, si veieu una mosca que dóna a una femella un bri ple... bé, podríeu haver descobert un engany.

—Interessant —va comentar la Vainilla—. Però ara podries parlar-nos dels ritus amorosos de les papallones, de les orenetes, dels dofins...

—Et parlaré dels pops! T'agraden els pops?

La Vainilla va sospirar.

—Sempre serà millor que de les aranyes i les mosques —va dir.

—Bé, et sorprendrà saber que el senyor pop, quan està enamorat, busca per a l'estimada pedretes blaves que després amuntega ordenadament davant del cau del pop femella.

—De debò? —va preguntar la Vi—. O és una altra broma?

—És veritat! Per això, si mai veieu pedretes verdes o vermelles davant del cau d'un pop, sabreu que a aquella senyoreta de tentacles llargs la festeja un mentider o un Mag transfigurat i una mica ignorant.

—Ho recordaré aquest estiu —va dir la Vainilla ficant a la maleta el quadern i el llapis. La tieta Tomelilla va tancar el llibret i la classe es va acabar.

—És veritat que els animals són ben romàntics —va comentar la Pervinca ficant el quadern a la cartera—. Per sort, els éssers humans joves no som així, o almenys no tots.

—Sí, bé —va dir la Tomelilla—, diguem que als animals els agrada conservar les tradicions antigues, mentre que vosaltres les esteu oblidant una mica. I tanmateix jo, de jove, era com tu, estimada Vi, salvatge i punyent com una ortiga, encara que fos una Bruixa de la llum... És estrany, oi?

—Sí, realment —va respondre la Vainilla.

—Davant d'un gest galant, d'un regal romàntic o d'una frase amable fugia incòmoda i gairebé emprenyada... —va continuar la bruixa—. Aleshores no sabia explicar-me per què, avui sé que només era por: no em sentia a l'altura d'aquelles atencions i per tant temia que poguessin no ser sinceres.

—Hauries hagut de llegir aquest llibret, tieta —va dir la Babú. La Tomelilla va somriure.

—Tens molta raó, tresor. Els animals ens ensenyen que l'amor és una cosa natural i meravellosa i que no necessita res més que una mica d'instint i espontaneïtat. Per això us ho he volgut ensenyar. Té, Vainilla —va dir la Tomelilla allargant-li el llibret—. Vull que el guardis tu.

La Vainilla no s'ho podia creure: fullejant aquelles boniques pàgines va entreveure lluernes, cignes, dofins, orenetes...

—També hi ha pit-roigs! —va exclamar entusiasta.

—Sí, quan estan enamorats canten d'una manera meravellosa, els haureu sentit mil vegades al principi de l'estiu.

—La veritat és que no —va admetre la Babú—. És a dir, no recordo bé quin crit fan.

—No te'n recordes perquè des de fa una mica canten de nit, pobres ocells. De dia hi ha tant de soroll! Els seus cants acaben barrejant-se amb els nostres crits, amb el so de les campanes, amb el grinyol dels carros que van endavant i enrere amb fruita i palla... Així, els pit-roigs s'han fet més llestos i canten les serenates de nit.

—Són ells? No ho sabia.

—No has sentit mai el papa cridar «Calla, estúpid pit-roig»? —va preguntar la Pervinca.

—No.

—Ah, és clar, tu de nit dorms.

—Però els pit-roigs no són pas estúpids! —va somriure la Vainilla.

—Pel que sembla l'amor no fa tornar tothom babau! —va riure la tieta Tomelilla.

Aquella va ser una de les classes de màgia que recordo amb més nostàlgia, tot i que, ben mirat, de màgica en va tenir ben poc. I d'altra banda, la Tomelilla havia anunciat que seria una classe especial, no? I com que la meva bruixa no feia mai res per casualitat estic convençuda que aquella classe va ser la seva manera de parlar d'amor a les noies, ara que l'amor entrava a les seves vides.

I d'amor, encara en va parlar una mica, aquella nit, durant l'Hora del Relat, mentre em descrivia com havia anat la història de la ploma de color figa salvatge...

CATORZE

Duff i Tomelilla

EL SECRET DEL MAG I LA BRUIXA

«M'agrada l'Hora del Relat. És tan relaxant! La Tomelilla esporga i rega a la llum de la lluna mentre tu, Feli, li expliques el dia de les seves nebodes, en el silenci de la nit. No és perfecte?».

Aquella nit la Tomelilla no es va ocupar de les plantes, com feia normalment la nit abans d'allitar-se. En canvi, es va acomodar al balancí i durant força estona es va balancejar sense parlar. De tant en tant somreia i jo vaig intuir que al cap de poc m'explicaria alguna cosa, alguna que m'agradaria. Només havia d'esperar...

Portava la faldilla de llana ampla i pesant, de color romaní i el jersei de les feines al jardí, vell, suau i càlid. Tenia un aspecte acollidor i còmode i jo vaig identificar un lloc que semblava fet a posta per a mi: un replec, entre els plecs del xal, a l'espatlla. Vaig volar a seure-hi i vaig esperar que la meva bruixa comencés la seva història.

—T'ho he explicat, Feli, que l'Alcalde té la varicel·la? —va assentir de sobte.

—No —va respondre—, havia sentit que no estava gaire bé, però no estava gens segura que fos veritat.

«Això és tot?», vaig pensar. Després ella va somriure.

—També la va tenir en Duff —va comentar divertida—, la varicel·la, de nen. Hauries imaginat que era un nen insuportable?

«Ara», em vaig dir, «aquesta és la meva història, la que estava esperant».

—Era un noi burleta i busca-raons. Els seus pares sempre li havien de córrer al darrere: ell no tenia una fada, cap dels Burdock n'havia tingut una.

—Ja ho sé —vaig dir—. Ni en Grisam en té.

—L'única cosa que en Duff respectava sempre era el seu germà Vic, el pare d'en Grisam...

—Per sort! —em va sortir—. El senyor Vic és la meitat de gran que el senyor Duff.

—És un molós, oi? I es veu ara, que els anys l'han engreixat. Però de jove era esvelt, fort i àgil com una branca d'avellaner. Totes les noies li anaven al darrere...

—Oh, no m'ho puc creure, Tomelilla —vaig dir—. És estrany que no s'hagi casat.

—Es va casar. Als vint anys.

—De debò? El mag Duff? No ho sabia. I amb qui?

—Es deia Oleander i era una Bruixa de la foscor

molt graciosa i delicada, poc més jove que ell. Va desaparèixer un any després del matrimoni, durant un atac del Terrible 21. Per a en Duff va ser un cop dur. La va buscar durant mesos, pertot arreu, i cada fracàs no feia res més que alimentar en ell l'odi per l'Antic Enemic. Un dia va deixar el poble i se'n va anar. Així, a peu. Quan va tornar, molts anys després, era un home diferent. Ens vam fer amics.

—Abans no ho éreu?

—Ens coneixíem de vista i de nom. Jo era una noia seriosa, absorbida pels meus estudis i per les meves recerques, no tenia temps per a jocs i ximpleries. O almenys això creia. En realitat, escoltant les seves narracions, vaig entendre que havia passat els anys més bonics en els llibres i vaig tenir ganes de recuperar-los, quan ell ja s'havia convertit en un home tranquil i seriós. Es va apassionar per les meves descobertes i jo per la seva silenciosa inquietud i el seu instint intel·ligent. Parlava poc i mai sense sentit, i em va sorprendre descobrir fins a quin punt sabia de màgia i la increïble memòria que tenia. Excepcional!

—Encara la té ara! —vaig dir.

—Sí... Com jo, estimava les flors i les plantes. Dels seus viatges havia portat diverses llavors, bulbs i arrels que jo desconeixia. Els vam sembrar aquí, a l'hivernacle que aleshores era de la nostra tieta. Vam omplir alguns gerros de terra i en cadascuna vam posar una llavor i un cartell amb la data. Gràcies a la memòria d'en Duff, vam dissenyar la planta que havia de créixer. Amb les noves plantes, va germinar i florir la nostra amistat.

La Tomelilla va fer una pausa. Després, lentament, va reprendre la narració.

—Un dia, en un gerro va sortir una planta de fulles llargues, en forma de mans, amb cinc dits, d'un verd fosc i brillant.

—Una figa!

—Això ens va semblar a nosaltres. Aquell mateix estiu, la nova planta va fer flors i al mateix temps també fruits: unes bossetes verdes, carnoses i perfumades. En Duff en va provar una i la va escopir de seguida.

—Era una figa dolenta? —vaig preguntar.

—Era una figa salvatge! —va explicar la Tomelilla—. Molt semblant a les figues que mengem, però els seus fruits són amargs i immenjables. En Duff les va llençar al jardí dels seus pares i ens en vam oblidar. Un dia estàvem asseguts al banc, quan vam veure que un dels paons festejava una femella. Havia obert la cua i ballava davant seu fent vibrar els colors de les seves plomes. Era realment molt bonic, però la femella semblava més interessada a menjar. Ens vam moure una mica i vam descobrir que el que cridava la seva atenció era una de les figues salvatges d'en Duff. La femella se la va menjar amb un mos i de seguida va anar a buscar-ne d'altres, deixant de banda el pobre enamorat. «Estimat», vaig dir fent broma al paó, «t'hauràs d'inventar alguna cosa millor que la teva cua si vols conquistar el cor d'aquella arrogant!». En Duff es va posar a riure i va aconsellar al paó que es tenyís les plomes de verd figa salvatge.

Vaig riure i, pensant que la història havia acabat allí, rient, vaig alçar-me del xal. Ella, en canvi, va continuar, i el que més em va sorprendre va ser que al cap de poc somreia d'una manera que... no havia vist mai, gairebé... maliciosa.

—Una nit —va continuar—, estudiàvem junts una nova fórmula, molt antiga i misteriosa, i jo volia prendre apunts, però no trobava un llapis. Continuava llegint, i mentrestant remenava les butxaques del davantal. De sobte, vaig sentir la seva mà que buscava la meva i em vaig trobar una ploma entre els dits. Li vaig donar les gràcies, pensant que es tractava d'una ploma normal de gavina. Ni tan sols la vaig mirar, la vaig mullar al tinter i la vaig recolzar al full al costat del llibre. Només aleshores vaig veure que no era blanca, sinó verda, d'un verd... figa salvatge. Vaig sentir que si m'hagués aixecat en aquell moment les cames m'haurien cedit, mentre les galtes ja em picaven de la incomoditat. No vaig tenir valor per parlar i vaig escriure. Amb la meva ploma vaig escriure el que em deia el cor. Va ser tot el que va passar. Aquella nit ens vam declarar el nostre amor i n'hi va haver prou. Tots dos sentíem que l'edat dels enamoraments romàntics, del festeig i de les promeses eternes quedava enrere, llunyana.

—Quina estupidesa! —vaig exclamar amb un impuls i de seguida em vaig tapar la boca.

—Ho pots ben dir, fada —va respondre la Tomelilla, aixecant-se.

—Oh, en canvi jo no hauria hagut de... perdona, se m'ha escapat... no volia, no podia... quina tifamerderada...

La bruixa va aixecar un dit i em va fer un senyal perquè callés: havia sentit alguna cosa.

—Ho sents, fada? —em va preguntar de sobte amb veu baixa.

«No», va fer amb el cap.

Lentament es va girar cap a la porta de fusta que s'obria a la casa i amb un sol moviment de parpelles la va convertir en una paret de vidre. A l'altra banda, la Vainilla i la Pervinca, encara agotzonades com qui escolta al darrere de la porta i no vol ser vist, ens miraven sorpresos.

—El merder el vam fer nosaltres, estimada Feli —va dir en aquell moment la bruixa agafant una bossa de tela i sortint al jardí. Les noies la van seguir amb saltirons.

—Que fort, tieta! —va comentar l'alegre Pervinca—. Tu i l'oncle d'en Grisam enamorats. La Babú sempre diu que t'hauries de casar.

La Tomelilla gairebé va ensopegar.

—Ara ens castigaràs? —va preguntar la Vi.

La tieta no va respondre. Amb la mà em va indicar

la menjadora dels ocells a dalt de l'arbre i jo vaig volar a buscar-la.

—Paciència, ha valgut la pena —va continuar la bruixa arronsant les espatlles—, estic contenta d'haver-ho sentit. A nosaltres no ens ho hauries explicat mai.

—Quin merder vau fer tu i l'oncle d'en Grisam? —va preguntar la Vainilla—. Com que ara ja ho sabem, ja pots acabar d'explicar-ho...

I la Tomelilla va acabar, efectivament, però va necessitar una mica de temps.

Mentre tornava a portar la menjadora plena a la branca, vaig veure com s'endinsaven en la profunditat de la nit, entre les mates humides i fosques del jardí, amb els peus embolicats amb el vapor que pujava dels prats. La lluna els il·luminava els clatells i els encenia els cabells de reflexos d'or i plata. No feia gaire fred. En efecte, semblava la nit perfecta per anar a veure «els vells amics» després dels dies de l'hivern. La neu s'havia desfet descobrint els primers brots.

Seguint els passos perduts, la bruixa va començar a passar pel costat dels rododendres, es va endinsar sota el vell faig, es va entretenir al roserar i va continuar fins al llac. Es va aturar davant de l'aigua immòbil a observar el propi reflex entre les nimfes encara adormides. Com un príncep indulgent, el petit llac havia deixat que els salzes i les peònies estenguessin les seves branques damunt seu per buscar el sol. El canyar havia crescut i, de dia, la Tomelilla havia vist que els ocells s'arremolinaven en l'espès fullam: aviat en serien centenars.

—Vam ser un mag i una bruixa molt ximples —va dir reprenent el discurs—, molt, molt ximples.

—I en Duff, on va trobar aquella ploma? —va preguntar la Babú—. T'ho va confessar, tieta?

—No... i no ho he arribat a entendre. Cap paó s'ha tenyit mai les plomes de color figa salvatge, ni jo he vist un ocell d'un color semblant. Que ell la creés ho hem d'excloure ja que en Duff és un Mag de la foscor, però...

—Et sap greu no haver-t'hi casat?

La Tomelilla va sospirar i va tornar a caminar.

—El que hi ha entre en Duff i jo és un sentiment especial —va dir. Les noies van córrer endavant per sentir-la millor i ella va parlar mirant-les als ulls—. Però, com us he dit, sí, em sap greu haver tingut tanta por, tot i que... Mireu, avui més que mai crec que no hi ha una única manera d'estimar. Els animals m'ho diuen i vosaltres m'ho confirmeu.

Les bessones es van mirar sorpreses.

—Sou idèntiques i capaces totes dues d'un gran amor, encara que el doneu d'una manera diferent. Ara... —la Tomelilla es va aturar de nou— l'amor és un tema molt complex, sobretot per a una bruixa vella com jo, però... raonant en veu alta, us pregunto: si l'amor que rebem ens fa feliços, i ens fa sentir vius, si l'amor que donem fa feliç aquell o aquella que el rep, què més necessitem?

—Estar-hi a prop —va dir la Babú, i en dir-ho es va posar vermella.

—Eh, sí —va respondre la tieta, somrient-li—, i potser no n'hi ha prou, ni l'esperança de ser-hi aviat és sempre suficient, oi?

La Babú va abaixar la mirada i va assentir.

—Que complicats que som els éssers humans, estimada Feli...

—Complicats? No ho sé —vaig respondre—. Jo, si m'ho permeteu, hauria triat una altra paraula. Sempre he pensat, de fet, que els éssers humans eren «fràgils» davant de l'amor. Pateixen fins i tot abans de gaudir-ne i temen que es pugui esvanir com la flor de les meravelles que floreix i de seguida mor, però l'amor no és així. L'autèntic amor és sòlid com la roca i sobreviu al temps i a la distància. No ho dic jo, ho demostren els fets!

—Espero que tinguis raó, Feli —va balbucejar la Vainilla. Després es va tombar una última vegada cap a la tieta i li va preguntar si havia conservat la ploma de color verd figa salvatge.

—L'he guardada durant molts i molts anys —va respondre la Tomelilla—. Ara és a les mans d'un jove enamorat. L'hi vaig donar amb l'esperança que li portés sort i també una mica més de valor del que em va donar a mi... a nosaltres.

QUINZE

Nous Problemes a la Vista

LES FADES PORTEN NOTÍCIES!

«Recordo tots els noms: Bufodotzebufadesdevent, Menrecordarédetuturecordatdemi, Quatrepètalsalcorheportatperatu, Bufosobrelaflorqueflorirà i finalment, la més divertida de totes i la meva preferida: Notoelspolzesquepiquen. Quines males notícies portaven les fades?».

Era gairebé l'alba quan la Pervinca es va despertar.

—Què has dit? —em va preguntar.

—Jo? No res —vaig respondre.

—Així... vols dir que estava somiant?

—Diria que sí.

—Hi havia algú que cridava i un gos que... Hi ha un gos que borda, el sents? Així no era un somni!

—Un gos? Sí, tens raó. Però ara el sento per primer cop.

La Vi es va aixecar i va anar cap a la finestra.

—Passa alguna cosa... —va dir amb veu baixa.

—De debò? I què t'ho fa pensar?

—Les fades volen de nit i la gata també està agitada.

Asseguda a les seves espatlles, la Pampuria tenia les orelles tenses i movia la cua.

—Urkablu! On has vist les fades? —vaig preguntar, volant-li a prop.

—Dues acaben de passar per aquí al davant... Sents? És la veu d'en Rosec, sembla que bordi a algú. Oh, mira la Piq!

Va obrir la finestra i la fada més simpàtica i grassoneta del poble de seguida va volar cap a dins.

—Què passa? —li vaig preguntar.

—L'Alcaldessa ha entrat a la barraca! —va respondre ella caminant per posar-se a prop de l'estufa—. I el Rosec l'ha mossegada.

—OH, NO!

—Pobret! —va dir la Pervinca—. I és mort?

La Piq es va posar a riure.

—Li ha fet molt de mal? —vaig preguntar jo, seriosa.

—Per desgràcia no, només li ha estripat un tros de la capa.

—Quin desastre!

—Ja li està bé! Així aprendrà a no ficar-se d'amagat a la nostra barraca! —va dir la Vi—. S'ho ha empassat?

—Qui, el Rosec?

—No, la Pimpernel. Segons tu, que l'has vista, s'ha

adonat que hem fet invisibles els objectes del Capità? Que l'habitació no és realment buida?

—Qui ho sap! —va respondre la Piq—. Se n'ha anat amenaçant amb foc i flames, ha dit que faria tancar el Rosec i tots els gossos del poble en una gàbia i els llançaria al mar i bla, bla, bla... cridava com una obsessa.

—Pobra d'ella que faci mal al Rosec —va dir la Vi seient al llit—. Se les haurà d'haver amb mi!

—Oh, estigues tranquil·la —la va consolar la Piq—, se les haurà d'haver amb tots nosaltres! Ara m'escalfo un segon i després porto les ales a fer nones.

—Cap problema —va dir la Pervinca— de fet, no podíem dormir, almenys jo...

—Com és això?

—Coses al cap...

—Oooh —va dir la Piq irònica, cabriolant sobre ella mateixa—. Benvinguda al club. Jo en tinc milers! Per exemple: com es plega una samarreta amb les mànigues llargues i el cos estret? No per l'amplada, ni per la llargada... Un problema, us ho dic! A tu què et sembla, tresor?

—Mira —va dir la Vi—, acabo de somiar el que acaba de passar.

—Bona nit —va respondre la Piq mentre sortia.

La Pervinca es va ficar sota les mantes.

—Deu haver pensat que te'n burlaves —va dir pensarosa—, en canvi, estava seriosa. Demà anirem a parlar amb l'Alcalde...

—No podeu! —vaig dir—. Té la varicel·la!

—La varicel·la? I nosaltres l'hem passada, Feli?

—No, ni tu ni la Vainilla.

—I és molt contagiosa?

—Molt! Però per què m'ho preguntes? Tampoc no podríeu molestar l'Alcalde, ara que està malalt.

—No?

—No.

—I aleshores, com ho farem? La Pimpernel tornarà a l'atac i descobrirà l'encanteri...

—Potser li podries escriure una carta.

—No diguis aquesta paraula, Feli, que em poso nerviosa. Prou cartes! Has vist com ha reaccionat en Pardalet? Fins i tot ha tornat a quequejar. Hem de descobrir qui és aquest Temby i esperar que tot sigui un malentès. I després hem de defensar la barraca, protegir el Rosec i consolar la Babú pel seu Jim... Quins dies! —la Pervinca es va deixar caure sobre el coixí—. Bé, mentrestant demà acompanyaré en Grisam a parlar amb en Joe...

—Esteu ben segurs que el guardià sap alguna cosa? —vaig preguntar.

—Feli —va respondre ella posant les mans darrere del cap i somrient—, avui en Joe ha mentit: ha dit que no coneixia en Bullet i després n'ha pronunciat tots dos noms, fins i tot aquell que en Grisam havia callat a posta. I quan un menteix, fada, significa que amaga un secret.

SETZE

La Dama Misteriosa

UNA FOTO DEL PASSAT...

«Jo pateixo pel Rosec... Jo per en Pardalet... I jo temo per en Jim... Jo per la barraca! I ara, qui és aquesta dama misteriosa?».

Sempre passava de la mateixa manera: primer un lleu cruixit, després un lleuger cop, la porta del jardí que s'obre i es tanca, una cadira que es mou, veus somortes, una dringadissa de porcellanes, el perfum de pastís i cafè que puja per les escales... i era diumenge!

Normalment, si no ho havien fet ja la Dàlia o la Tomelilla, les bessones corrien per baix encara en pijama a buscar el Cistell dels Regalets als graons de casa, on el deixaven ple d'exquisideses fresques de la temporada amablement donades pels botiguers del poble.

Aquell diumenge, però, les bessones tenien coses a fer, molts misteris per resoldre i una mala notícia per compartir. Així que van oblidar el cistell —o potser estaven creixent?— es van vestir, van consumir ràpidament el bon esmorzar de la Dàlia i van sortir.

Pel carrer, ens vam trobar la senyora Hortènsia, la tieta de la Flox.

—Bon dia, tieta Hortènsia —van saludar les noies—. La Flox és a casa?

—Oh, bon dia, noies. No, la «pesta» ha marxat de bon matí, no ho sé... Hi havia el rosegatot d'en McMike.

Les bessones es van mirar alarmades. Van saludar la senyora Pollimon, que anava a veure la Tomelilla, i van córrer a casa de la Flox, esperant trobar-la. En canvi, a dalt de tot de l'escala que portava a la plaça, van topar amb un excitadíssim Robin Windflower.

—LA... L'ALCALDESSA... HA ENTRAT A LA GRUTA! LA.. L'ALCALDESSA HA ENTRAT A LA GRUTA! —cridava.

—Ja ho sabem —li van respondre les noies—, ens ho ha dit la Piq. Tu per qui ho has sabut?

—Per... per la Flox. Li ha anat al darrere.

—A l'Alcaldessa?

—No... no, a en Rosec. Es veu... es veu que ha mossegat la senyora Pimpernel.

—I per què la Flox li ha anat al darrere?

—Per... per amagar-lo, crec... —En Pardalet es va fregar el nas amb les mans brutes i, fent ràpides ullades a dreta i esquerra com feia sempre que estava molt excitat, va afegir:— La... la Pimpernel el vol tancar!

—COM? Vol empresonar en Rosec? —la Vainilla va esbatanar els ulls.

—Ha... ha mossegat una persona i... i és un gos perillós, diu ella.

—No ha mossegat una persona, l'ha mossegat a ella! —va intervenir la Pervinca—. No l'han de tancar, li han de donar un premi. Saps si la Cara-de-Faisà ha descobert l'encanteri?

—No... no. No ho sé.

Van córrer tots tres a veure en Grisam i el van trobar a la porta, que s'eixugava les mans amb un drap. Estava esperant la Pervinca per anar a veure el senyor Joe. Les noies el van posar al corrent dels fets i el jove mag va distribuir de seguida les ordres:

—Babú, vés a avisar en McMike sobre el que ha fet el seu gos, després vés a buscar la Flox i amagueu en Rosec. Robin, tu vés a veure en Demenzio Hobbs i demana una cita amb l'Alcalde i mentrestant...

—L'Alcalde té la varicel·la —va dir la Babú—. Trigarà a rebre'ns.

—Fantàstic! —va fer en Grisam, irònic—. Ho tenim tot de la nostra part. Bé, vés igualment a veure en Hobbs, Robin, i a veure què et diu i ja que hi ets intenta saber què ha descobert la Pimpernel.

—I... i després què faig?

—Si l'Alcaldessa ha descobert alguna cosa, vine de seguida a dir-m'ho, d'acord? Pervinca, tu...

—Jo vinc amb tu, te'n recordes? —va dir la Pervinca.

—Sí, nosaltres anem a veure en Joe. Aviseu la Colla

que vingui sota el Roure d'aquí a una hora. Ha quedat clar?

—Claríssim, capità! —van respondre la Babú i en Pardalet. En Pardalet, però, va dir «claríssim» dues vegades.

—En Joe... en Joe sap coses d'en Talbooth? —va preguntar, abans de sortir corrents.

—Espero que sí —va respondre en Grisam. El noi es va calar la gorra i va llençar les cames ossudes i morades pel fred carrer avall, cap al Nou Municipi.

—Ja saps què diràs al nostre guardià per a conseguir que ens expliqui el que sap? —va preguntar la Pervinca mentre s'apressaven cap a l'escola.

—Bé... —va respondre en Grisam, agafant-la de la mà—, mentrestant el posaré davant de l'espelma que va dir ahir i després veurem com va.

Esperava que la Pervinca li retirés la mà i en canvi...

—Bona idea —va dir tranquil·la—. Però i si no ens diu res?

—Aleshores intentarem fer un intercanvi.

—Pretens pagar en Joe per la informació???

—No, li ensenyaré això...

El jove mag es va treure de la butxaca una vella fotografia i la va passar a la Pervinca.

—Ahir a la nit vaig demanar a la meva mare si recordava que en Talbooth hagués anomenat un tal

Temby, o una tal Anna... i em va donar això. En Temby no n'havia sentit parlar mai i si en Talbooth ha parlat alguna vegada de noies, segur que no ho ha fet amb ell. Però hi havia aquesta fotografia al llibre blanc que el Capità va deixar en herència als meus per a la botiga.

—Qui és? —va preguntar la Vi, observant la noia de la foto.

—No ho sabem. Per desgràcia, no hi ha firma ni dedicatòria.

—És guapa...

La imatge estava descolorida pel temps, però ressaltava l'elegància de la figura i la natural, límpida magnificència de la seva cara. La graciosa senyora portava un vestit negre, tou als costats i acabat amb un escot de randa clara, de moda feia molt de temps. Al braç portava una bossa, d'aquelles que utilitzaven les senyores els diumenges, i les sabates, cordades sobre el peu, tenien uns talons sobris i còmodes. No portava l'abric i els nois van deduir que la foto s'havia fet durant l'estació temperada. Somreia tímidament, com qui no està acostumat a fer-se fotografies i no sap quina expressió assumir.

—Qui és l'Anna? —va preguntar la Vi.

—Mmm... —va dir en Grisam—. Diria que més aviat una parent d'en Talbooth, la seva germana, o la seva mare. No era al bagul, on crec que el Capità va posar tots els objectes que pertanyien a en Temby, com el mateix bagul, per altra banda. Estava en un llibre seu, a la casa, per això és seva.

—Potser tens raó —va dir la Pervinca perplexa—, però hi ha alguna cosa que no quadra...

Van trobar el senyor Joe al recinte dels porquets. Quan el guardià la va veure, va aixecar els ulls cap al cel i va intentar fugir.

—Ara no tinc temps, és diumenge, torneu dilluns —va dir, tancant-se a la cambra de les eines. Atesa la reacció, en Grisam va passar de seguida al pla «B» i va passar la foto per sota de la porteta.

—Volem saber qui és, Joe, després et deixarem en pau —va dir, mentint.

—No sé com es diu —va respondre la veu d'en Joe des de l'interior.

—Però ja l'has vist, oi?

—No en aquesta foto.

Els dos nois es van mirar sorpresos. Una altra foto? La Pervinca va atacar amb el pla «C», o la súplica...

—Joe, sisplau, surt —li va implorar—. Tenim un dubte terrible que ens turmenta. No estem jugant, és una cosa seriosa.

Silenci.

—Si no ens ajudes, ho perdrem tot i potser ens tocarà el rebre amb la salut d'en Robin Windflower.

Cloc!, va fer la porta de la cambra. La cara del guardià va sortir de l'escletxa.

—El petit Robin està malament? —va preguntar preocupat.

—No, no exactament, però ha començat a balbucejar...

—Oh, sí, ho he sentit. Com ha passat?

Era el moment de deixar de ser discrets.

—En Grisam t'ha dit que hem trobat una carta... bé, en aquella carta es posa en dubte la sinceritat del Capità i quan en Pardalet se n'ha assabentat li ha sabut tan de greu que...

—Quina història és aquesta? —va exclamar en Joe sortint i posant-se rere la porta—. Qui ha escrit aquella carta? L'hi faré menjar!

—No ho sabem, Joe, per això som aquí, ens has de dir tot el que saps sobre en William Talbooth, sisplau.

El guardià es va tornar a posar el sac amb el pinso sobre l'espatlla i va fer un senyal als dos joves perquè el seguissin.

—Sé que era un capità valent i amb això n'hi hauria d'haver prou —va balbucejar travessant el recinte de les oques—. En canvi, sempre hi ha algú que calumnia algú... bah. A ell no li agradaria que us ho digués... No era algú que enfangués el record dels amics, en William, ni el d'aquells que l'havien traït...

DISSET

Bullet el Ximple

LES SOSPITES DEL CAPITÀ

«Ho sabia, en Temby és el traïdor! Era un vell amic del capità Talbooth i li va donar el comandament de la nau. Va anar així, Felí?».

Carregat amb un munt de records que potser hauria volgut oblidar, l'ancià senyor va sentir la necessitat de seure. Va passar el sac a en Grisam i va arribar fins al seient de pedra que ell mateix havia posat contra el mur dels horts, per gaudir del resultat de la seva feina. La Pervinca se li va asseure al costat, mentre en Grisam va portar una pedra gran fins on eren.

—Qui ha traït el Capità? —va preguntar acomodant-se com podia davant dels altres dos.

—En Bullet!

—En Bullet? Charles Albert Bullet? El comandant del *Sunboat*? Però si tot just ahir ens va dir que no el... no hi fa res. Però nosaltres sabíem que en Talbooth i en Bullet eren amics...

—El pobre William també ho creia —va dir el guardià—. En canvi, aquell tauró traïdor aprofitava l'amistat del millor home del món per dur a terme actes malèvols, horrorosos!

—Horrorosos???

—Com ara? —va preguntar la Pervinca arrufant el nas.

—Abordatges! I saquejos... fins i tot homicidis!

—Charles Bullet era un assassí?

—Que potser no ho són tots els pirates?

Tots dos amics van obrir molt els ulls.

—EN BULLET ERA UN PIRATA???

—De la pitjor mena! Era el cap de tots els pirates.

—Quina bogeria! Ell també! —va exclamar la Pervinca. En Joe es va tombar encuriosit.

—Per què, qui més ho era?

—L'avi d'en Jim Burium, l'inventor.

—El jove que se n'ha anat? Bah —va fer en Joe, sacsejant el barret contra el genoll en senyal de disgust—, en aquest món només et pots refiar de la teva pròpia mare.

Mentrestant, en Grisam estava seguint un pensament.

—Per això el *Sunboat* no era un bergantí de la Marina Reial, com l'*Isabella II* —va dir—, sinó un vaixell pirata! I en Talbooth no se n'havia adonat?

—No se n'havia adonat perquè en Bullet duia dues vides —va explicar el guardià—, la del respectable i honorable capità quan era als ports i en companyia d'en William, i la del pirata quan era lluny, a mar obert, amb la tropa.

—I com ho va descobrir el Capità?

—Com? Com tots els pobres abans que ell! —va respondre en Joe—. Un bon dia, que de bo no tenia res, se'l va trobar al davant armat fins a les dents. Ell i aquells gossos dels seus companys. Sortits de la boira. Van abordar l'*Isabella II*, li van buidar la càrrega i li van calar foc. Només la casualitat va voler que en William no morís. Que la pesta els enterri! Quan hi penso...

—No, espera un moment... —va dir en Grisam, interrompent la narració del senyor Joe—. El Capità Talbooth ens va dir que havia trobat el *Sunboat* que s'estava enfonsant, en flames. I això va passar abans que els pirates abordessin l'*Isabella II*: com pot ser?

—En Bullet era un bandit, però llest com una guineu. Ell mateix va calar foc al *Sunboat*, ja que sabia que l'havien descobert. Si no recordo malament va anar més o menys així: l'*Isabella II* i el *Sunboat* estaven ormejats al port, a prop. Una bona nit, va arribar una nau. En William no l'ha vist mai, però espera que porti notícies de casa i per això se'n va a parlar amb la tripulació. Aleshores descobreix que la goleta ha sobreviscut miraculosament a un assalt de pirates i que a bord hi han quedat només cinc grumets, ferits i assedegats. Però tot i així vius, i per això cinc testimonis, dic jo. En William els ofereix ajuda i manutenció. Torna a la nau per ordenar al metge que s'ocupi dels pobres cinc i veu que en Bullet ha marxat!

La Pervinca va mirar en Grisam: ell també pensava el que ella estava pensant, és a dir que, fins aleshores, la narració d'en Joe coincidia perfectament amb la del capità Temby?

En Grisam va assentir.

El guardià mentrestant va agafar alè i va continuar...

—Aquell pirata bergant havia llevat àncores tan de pressa que un de la tripulació s'havia quedat a terra, i no era un qualsevol! —va dir.

—Ah, no?

—És clar que no, en Bullet aquell dia va trair no un sinó dos amics! En sentir en William, aquella carronya va deixar enrere el seu company més fidel, l'únic de qui es podia refiar realment entre els que hi havia a bord. Sí, però què en sabia ell, de fidelitat i amistat... Bah!

Però en Temby no l'havia descrit així a la carta, vaig pensar.

—Joe, estàs segur que no et confons? —va demanar de fet la Pervinca—. L'home que havia deixat a terra en Bullet... segur que no era una mena de rodamón puçós, que sempre vagarejava pels carrerons del port i per això es va quedar a terra?

—Sé el que em va explicar en Talbooth i m'ho va explicar així.

—I en Talbooth et va dir mai com es deia aquell home?

El guardià va negar amb el cap.

—No, mai —va respondre—, però va dir que l'havia agafat ell a bord. I no se n'havia penedit mai, de fer-ho.

—Havia estat en Bullet qui havia abordat la goleta que havia arribat a port?

—Sí —va respondre en Joe—, ell i les seves barracudes! Que el vent se'ls endugui! Els cinc supervivents no van dir-ne el nom perquè no el sabien, però el van descriure bé i van descriure el *Sunboat*!

—I així al Capità li van agafar sospites...

—Oh, en William no s'ho volia creure, però va sospitar una mica. I en Bullet, per despistar-lo, va enfonsar el *Sunboat* i va fer creure a l'enemic que havia mort a mans dels pirates. En William va caure en l'engany. Era un home honest, és clar, sense malícia, tot l'oposat a aquell altre maleït. I no penseu que era un estúpid, perquè no ho era gens.

El guardià es va tornar a aixecar.

—Quina hora és ja? —va preguntar tancant els ulls per mirar el cel—. És gairebé migdia, he de regar les cols.

Els nois el van seguir més enllà de la porta que s'obria als horts més exposats, i el jove mag es va oferir a portar-li un sac mig ple de pinso.

—Joe —va dir de sobte en Grisam amb to perplex—, si el *Sunboat* s'havia enfonsat, com ho van fer, en Bullet i els seus homes, per abordar l'*Isabella II*?

—Van fer servir un altre vaixell, l'*Oreneta Grisa*, em sembla que es deia, un nom greu, de fet, fosc.

Tots dos amics van ajudar en Joe a regar les cols i van omplir per a ell dos sacs plens de males herbes i fulles seques.

—Vigila, noia —va advertir de sobte el guardià—, que t'equivoques de sac!

La Pervinca se'l va mirar millor i va descobrir que estava posant les fulles en el sac del pinso.

—Oh, que ximple, perdona... —va dir rient—, sort que te n'has adonat, Joe, si no, no hauries sabut quin era el sac per als animals.

—Això va fer en William! —va exclamar el guardià. Els nois van parar de treballar i el van escoltar—. Convençut que els pirates van infestar el mar al seu voltant, va obrir les caixes que li havien confiat i va cobrir el valuós contingut amb els llibres que hi havia a bord, coses... de poc valor, enteneu? Que ningú no volia i que haurien induït els malintencionats a deixar les caixes on eren.

—Però no va anar així, perquè en Bullet va robar les caixes i tota la resta, oi? —va preguntar la Pervinca. El guardià va assentir—. És estrany... —va continuar la bruixa—, llavors em pregunto d'on vénen tots aquests objectes preciosos que el capità Talbooth ha deixat en herència i que omplien casa seva i la barraca?!

—Del mar —va respondre el guardià sense incerteses. La Pervinca li va somriure.

—Sí —va dir amable.

Ni ella ni en Grisam de cap manera volien espatllar el bon record que el Capità havia deixat en el cor de l'amic. I tanmateix a tots dos, per primer cop, els havia passat un pensament pel cap, és a dir, que el mar no torna cartes, ni gramòfons, ni fotos...

—Has dit que ja l'havies vista, Joe —va preguntar la Pervinca ensenyant un altre cop la fotografia de la noia misteriosa—, qui és?

—No ho sé.

—Oh, va, el Capità no et pot haver ensenyat la foto d'algú sense dir-te qui era. És la seva dona? Algú l'estimava?

—T'he dit que no ho sé.

La bruixa va riure.

—No te les va ensenyar, oi? Les has vistes tu, per casualitat... On?

—A casa seva —va remugar el senyor Joe.

—Quan?

—Fa temps.

—El Capità encara era viu?

En Joe es va girar ofès.

—Sí! Per qui em preneu? No sóc dels que remenen, jo! Un dia, mentre en William posava ordre, van relliscar fora d'un llibre. En William sempre posava ordre...

—I tu, que ets una persona amable, les vas recollir i així les vas veure! I a l'altra foto qui hi havia?

—Bah... no m'hi vaig fixar.

—No, segur, però potser recordes haver vist vagament alguna cosa, algú...

—Un home amb uniforme, un jove em sembla, i després el mateix home amb un gos...

—Recordes on les va posar el Capità, Joe? Després que li donessis, on les va ficar?

—Al seu bagul —va respondre el guardià—. Però a vosaltres dos no us espera ningú? No teniu un pare i una mare que us busquen per dinar?

—Ostres, sí, la cita! —va exclamar en Grisam. Quina hora és?

El senyor Joe va tornar a mirar el cel.

—Són dos quarts ben tocats —va dir ficant-se a l'habitació.

DIVUIT

L'Assemblea del Capità Grisam

PERÒ ALGÚ TRAMA A L'OMBRA...

«Qui sap si el Capità Talbooth sabia que en el llibre blanc que deixava als Burdock hi havia aquella fotografia? Jo crec que sí, saps, Felí? Fins i tot crec que ho va fer a posta...».

En els pobles petits els rumors es difonen ràpidament, ja se sap, i si els que tenen a veure amb els ciutadans normals sembla que tinguin cames per córrer, les notícies que tenen a veure amb personatges importants fins i tot tenen ales!

Per això tothom ja sabia que l'Adelaide Pimpernel, l'arrogant i superpetulantxafardera dona de l'Alcalde, havia patit una mossegada del gos de McMike.

A les botigues, al llarg de la via, davant de les tanques de les cases... no es parlava de res més. Les dones ho xiuxiuejaven d'un jardí a l'altre de puntetes, entre una agulla d'estendre i una roba estesa, els senyors en feien broma davant del banc del pub, els mariners balbucejaven i bellugaven el cap...

—Què en penses? —va preguntar la Pervinca a en Grisam mentre els dos amics tornaven cap a la plaça.

—Del fet que ningú es preocupa per les seves coses? —va respondre el jove. Tot just havien passat pel costat del ferrer quan les rialles d'en Lliri Martagon van ressonar més fort que el seu martell.

—No, del que ha dit en Joe.

—Esperava que en sabés més, però no ha anat malament.

—Oi? Almenys no ha donat una altra versió i ara sabem ben bé dues coses més que abans: sabem el nom del pirata que va assaltar l'*Isabella II*...

—Ja, però qui la governava: el capità Talbooth o el capità Temby?

—Per com parlava, m'ha semblat que en Joe no sabia res d'en Temby —va dir la Vi—, però ens ha confirmat que hi ha altres fotos, i aquesta és la segona cosa que sabem.

—Sí, però on són? Al bagul segur que no, l'hem remirat de dalt a baix... Oh, ja hi són tots —va dir en Grisam alçant els ulls.

Respectant les ordres, la Banda s'havia aplegat sota les branques nues del Roure que, feliç de tenir els nois al voltant, els estava entretenint amb les seves llaaargues i leeentes xerrades.

—OOOHH, BÉÉÉ, MIIIREEEU QUEEE ARRIIIBEEEN ELS DOOOS ENAAAMORAAATS! —va dir el gran arbre amb aquella veuassa ampla i cavernosa, però sense cap intenció de fer el xafarder, ja que no ho era gens.

Algú, fluixet, va esclatar a riure. La Pervinca va alçar els ulls al cel.

—PORTEEEU BOOONES NOTÍÍÍCIEEES? FA MOOOLT QUE ESPEEEREEEM...

—Digueu-me abans com està el Rosec, està fora de perill? —va preguntar en Grisam apropant-se.

La Vainilla va assentir.

—Tot a lloc, és amb la Flox —va dir.

—I l'Alcalde?

—No... no he aconseguit saber-ne res perquè en Hobbs no era a l'oficina —va explicar en Pardalet— i... i l'Alcaldessa no era a casa. A la... a la barraca, però, de moment està tot tranquil. I... i en Joe?

—Ara us ho explico... —en Grisam va fer-se un lloc al respatller del banc, al mig del grup, i va indicar a la Vi un lloc lliure al seu costat. Des que el capità Talbooth havia marxat, els joves del poble havien triat el jove Burdock com a nou capità perquè era el més savi i el més valent de tots, i el més hàbil amb els poders. Conscients que anava a explicar una cosa important, els nois es van estrènyer encara més al seu voltant i van escoltar el que deia.

En Grisam va explicar fil per randa la història que acabava de sentir d'en Joe: no cal dir que la traïció d'en Bullet va indignar la Colla tant com la foto de la dama misteriosa la va encuriosir.

—Que guapa que és —va xiuxiuejar la Vainilla.

—De debò? Jo també ho he dit —va respondre la Pervinca.

—I si fos l'Anna?

—Es nota que sou bessones, vosaltres dues —va intervenir en Grisam—, dieu les mateixes coses.

—Precisament com en Temby i en Talbooth, potser també eren bessons ells —va bromejar la Flox.

—Sí —van secundar en Tommy Corbirock. Però ell estava seriós—. Tots dos han donat la mateixa versió dels fets, un l'ha escrita en una carta i l'altre l'ha explicada al seu millor amic. Eren precisament completament idèntiques, no és estrany?

—Hauríem de preguntar a l'Alcalde si algú ha rebut en herència una capsa de fotografies, o un llibre, o si recorda fins i tot haver vist aquestes fotos —va dir la Vainilla.

—Roure —va dir la Nepta girant-se a l'arbre—, tu en saps res?

—Nooo —va respondre el Roure molt dolgut per no poder ser útil—. NOOO HEEE VIIIST MAAAI UNAAA FOTOGRAFIAAA, NINGÚÚÚ ENSEEENYA FOTOGRAFIEEES ALS ARBREEES.

—Però potser n'has sentit parlar... Recordes haver vist algú creuar la plaça i dir que era molt feliç, o que estava sorprès, perquè havia rebut fotografies del Capità com a herència?

El Roure tenia moltes virtuts, i entre elles, que, sens dubte, era un arbre sincer i responia sempre de la manera adequada. Sempre!

—Nooo! —va respondre en efecte—. NOOO HEEE VIIIST MAAAI NINGÚÚÚ CREUAAAR LA PLAAAÇA DIEEENT QUE ERAAA FELIIIÇ PERQUÈEE HAVIIIA HERETAAAT O VIIIST LES FOTOOOS...

Francis Corbirock el va interrompre desesperat:

—Saps si algú ha heretat les fotos de què estem parlant, Roure?

—NOOO, NOOO HO SÉÉÉ. PERÒÒÒ UN COOOP VAAAIG VEEEURE EL SENYOOOR MCMIIIIKE QUEEE...

—Té a veure amb les fotos, Roure? —li va preguntar en Francis.

—NOOO, NO FOTOOOS...

—Aleshores et sap greu explicar-nos-ho en un altre moment? Ara hem de descobrir on són les fotografies del Capità, m'entens?

—SÍÍÍ.

—Jo, si puc intedvenir un moment, aposto de totes totes ped padladne amb l'Alcalde —va intervenir l'Acant—. Com que el pobde home està malalt, poddíem demanar una cita a en Hobbs i que ens digués quan... Oh, addiba la Flox!

Arribava sí, i corrent cames ajudeu-me.

—HAN AGAFAT EN ROSEC! HAN AGAFAT EN ROSEC! —xisclava.

—Què... què dius? Qui... qui l'ha agafat? —va preguntar en Pardalet. La noia havia corregut tan de pressa i estava tan esvalotada que no es podia explicar. Amb un braç estès, però, assenyalava el Municipi.

—La Pimpernel?

La Flox va fer «sí» i «no» amb el cap.

—Agafa alè i explica't, sisplau. On l'ha portat?

Ella va assenyalar un altre cop l'Ajuntament i entre una esbufegada i l'altra va poder dir:

—També hi havia el mag Voltar i en Hobbs!

Després va afegir una cosa encara més terrible: els tres bergants l'havien portat als Magatzems!

Els «Magatzems del Mar», com els habitants de Fairy Oak els anomenaven irònicament, eren grutes subterrànies que un antic torrent havia excavat a la roca de sota el poble. S'hi accedia per la platja, a través d'un breu passatge que durant una mica corria en pla, després s'inclinava i començava a baixar fins que, de cop i volta, es precipitava decididament cap a baix. Per baixar als Magatzems es necessitava una escala! Feia temps, allà sota es portaven les coses velles, aquelles de les quals no se sabia què fer, o que no es podien tornar a utilitzar, o que no es cremaven: caixes de ferro rovellades, barrils d'oli, àncores trencades, maletes, sacs de porqueria... Però pocs sabien que des de feia alguns mesos, quan el mar s'engrossia, els Magatzems s'inundaven fins al sostre.

En Grisam ho sabia i va mirar de seguida el mar i va veure l'escuma blanca de les onades.

—CORREM, DE SEGUIDA —va cridar a la Colla.

—No els podies aturar, Flox? —va preguntar la Nepta.

—Eren tres contra mi! —va respondre la jove bruixa desesperada—. Què podia fer? He intentat transformar-los, però només he pogut amb en Hobbs, que ara camina amb potes de granota. De fet, salta, perquè no pot caminar. Penseu que han portat el Rosec en un sac, pobre gos!

—Oh, Flox... em sap greu haver-te deixat sola —va dir la Vainilla—. M'hauria d'haver quedat amb tu i...

—*Bof!*, va fer en topar contra la gegantina senyora Pull. Va rebotar i va caure per terra.

Oreneta Negra

SOUTH

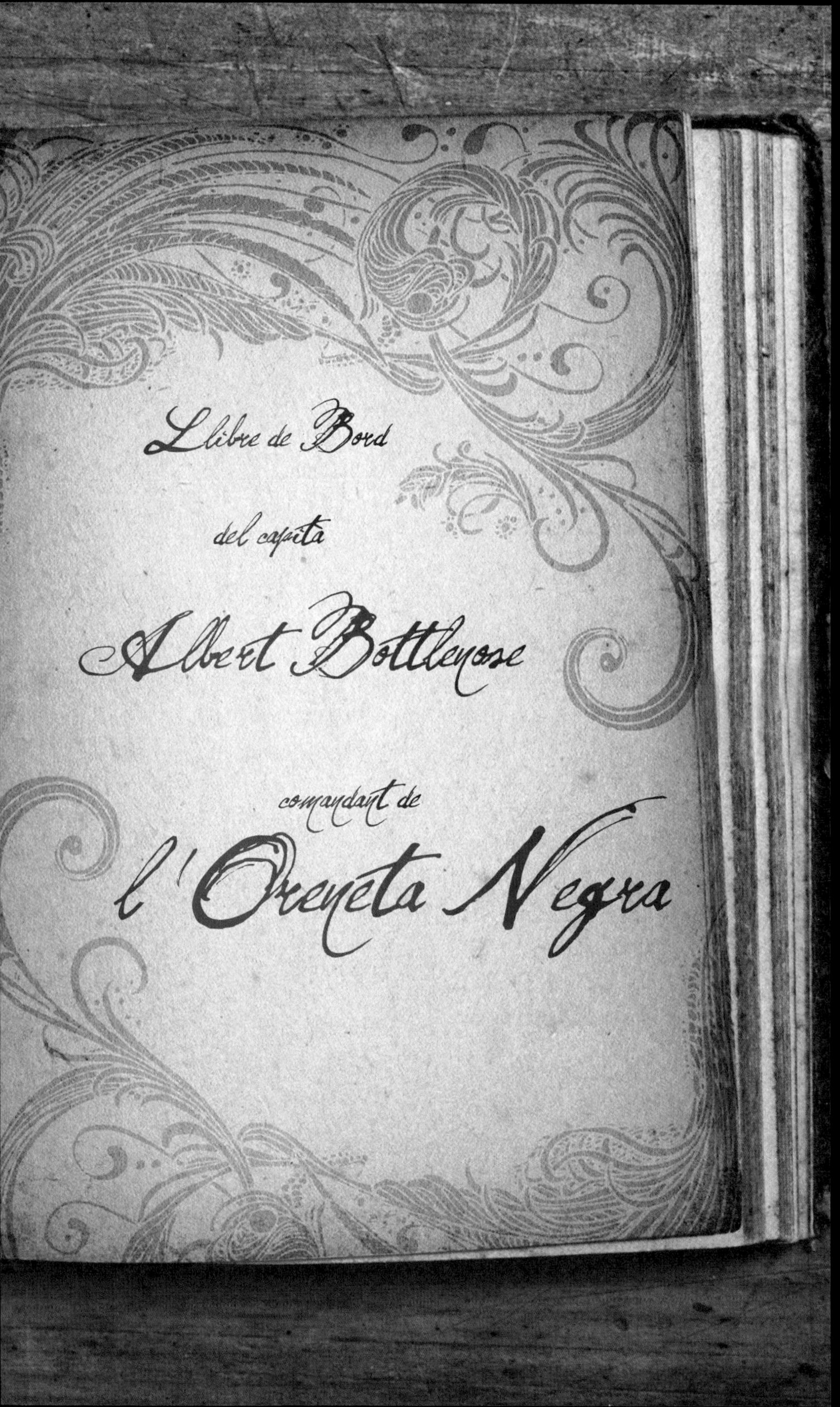
Llibre de Bord
del capità
Albert Bottlenose
comandant de
l'Oreneta Negra

Llista de bord

Craig Shriver, àlies PERDÓ: Cuartelero

Bob EL BANDIT: Oficial Segon

Paul ENLLUSTRAVELES: Nostramo

Jack SENSEGUANTS: Cap de canons

John MANSCREMADES: Grumet de munició

Àngel MALDEMAR Blackhair: Cuiner

Dave D'ESPATLLES Shuck: Ajudant del cuiner

Doc EL PÚTRID: Metge de bord

Luke Rosever, àlies TANGAROA: Músic de bord

Angus ULLNEGRE: Gabier

BIG HORNE McCartney: Gabier

Cyrus LA CERNIA: Guaita

Francis APPLECAKE: Mariner

Archibald Wilkinson, àlies NO: Gabier

Nathan EL PODRIT: Mariner

Vice Like LA MORSA: Mariner

TALBOOTH: Gos del Comandant

Nusos piratescos

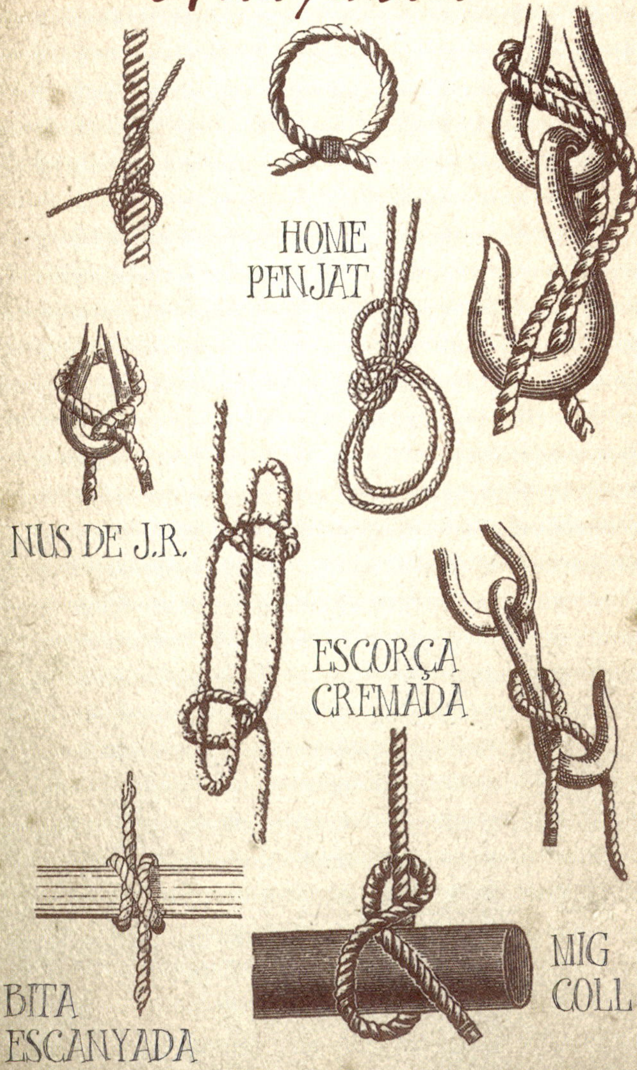

Goleta

Bergantí

Nau de guerra llengera

3 de febrer

Deixada la base
velegem vers Cap Traïció
per creuar-nos amb el navili que vam veure
fa dos dies. Si és la nau que penso,
ens espera un abordatge fàcil i un botí esplèndid.
L'Edward no sospita res, però he de ser caut.

4 de febrer

Maleït sigui aquell mariner d'aigua dolça que és en Grover!
L'hem hagut de picar a la cabina per avisar-lo
que la seva nau era a les nostres mans. Tota la tripulació
pudia de febre groga, fins i tot els oficials!
I les rates bressolaven les cries als canons.
Una nau tan bonica en mans d'un home tan inútil,
quin malbaratament, em dic.
Botí: una caixa d'or i les joies d'en Grover.

5 de febrer

Aprofitant la foscor, deixem els ormeigs.
La goleta d'en Grover ha aconseguit tornar
a port i ha atracat a prop nostre.
Mala sort, no coneixen el Sunboat,
però m'han vist a mi a l'Oreneta Negra!
He de fugir! Si encara aconsegueixen parlar,
els supervivents revelaran la meva identitat de
pirata. I com que el bo de l'Edward ha anat
a informar-se sobre el seu estat de salut, què
t'hi jugues que li revelaran precisament a ell!
Quan aprendrà aquell home a ficar-se en les
seves coses! Aviat ho sabrà. M'he d'amagar...

PÈSSIMES NOTÍCIES!
Aquell eixelebrat de l'Enllustraveles no
m'ha dit que en Talbooth era a
terra quan hem salpat.
Ara no tinc el gos amb mi
i per tant ningú
de qui realment refiar-me...

6 de febrer

Finalment ho he decidit. El Sunboat crema. Les flames s'alcen mont amunt de la seva honorable fusta i es barregen amb les flames del sol que es pon per l'oest. L'espectacle és tràgic i preciós. Era l'única cosa a fer.

L'Edward no és un ximple! Si els homes de la goleta han descrit a qui l'ha assaltada, ell ara ja deu saber de mi. O al menys ho sospita.

El fals atac que he posat en escena convencerà l'amic, i tots els altres, que Charles Albert Bullet era en realitat un home honest. Com que he estat víctima jo mateix dels pirates, em creuran al fons del mar amb la meva nau. El fum es veurà de seguida.

Ara que he salvat l'honor del Capità del Sunboat em disposo a ser només Albert Bottlenose el pirata, al capdavant de l'Oreneta Negra!

7 de febrer

Que el destí s'acarnissi amb mi
i amb aquell bacallà d'en Temby!
No havia de marxar abans d'un mes, això va dir,
un mes! Com podia imaginar
que era seva la nau atrapada per la boira?
El perfil d'una presa fàcil, això he vist.
I me'l trobo al davant, armat i preparat
per defensar la seva càrrega i el seu vaixell. Pobre.
Encara que hagués estat el meu pare, la mare o un ger
no patiria tant per ell. I per això el maleeixo!
Que cremi en flames ell també. Li salvo la vida
i li deixo bastants homes per navegar, i fins i tot
el meu gos Talbooth, que se'l quedi ell que també té
el cor de gos, lleial i fidel. Què he de fer si no?
Sóc un pirata. Quin destí més burleta...

8 de febrer

I així robo a un amic i gairebé
el mato per or i joies...
ja ho he dit, sóc un pirata,
però els llibres i les joguines, i la
roba de lli per a l'Anna què hi feien?
a les caixes? Llest i estúpid és en Temby.
Es pensava que m'enganyava i li
han robat les seves coses.
I així també robo a la seva dona
i als nens...
Sóc un pirata, però també sóc un home!
I ara em persegueix el seu esguard traït, em fereixen
la profunda integritat i l'honestedat del seu cor,
em tortura saber que un home molt millor que jo
va a la deriva i potser ja és mort,
i la seva adorada família l'espera i el plora per
culpa meva. És el primer cop, em pregunto?.
No, és clar que no! N'he enfonsat centenars i els he
donat als peixos, per què aquest em persegueix?
Amic és la paraula. L'estimava i l'estimo i em vantava
de ser estimat i apreciat per ell. Què he fet?

9 de febrer

Fa setmanes que naveguem i quan traço les rutes procuro evitar altres naus, ja ho sé.
No tinc l'esperit per a un altre assalt, em falta valor, per primer cop.
Els homes es lamenten i en Shriver no fa sinó mirar-me i demanar-me que li alliberi l'ànim del pes que l'afligeix. Però ell què en sap?
Riquesa i llibertat, d'això només s'alimenta el seu esperit. El meu desitja horitzons ferms i soledat.
Deu ser viu el meu amic Temby?
No paro de preguntar-m'ho i somnio que em somriu i em perdona mentre li torno la vida.

Al pont, els homes festegen la vista d'una embarcació que ens ve de cara.
No la puc salvar, no puc fer res per ells.
Des del meu seient entre les escotes de popa dirigiré l'abordatge de manera que creï el mínim dany possible al vaixell desprevingut que s'acosta serè.
No dispararé, ni donaré ordres de fer-ho. Però aquesta és una nau pirata!

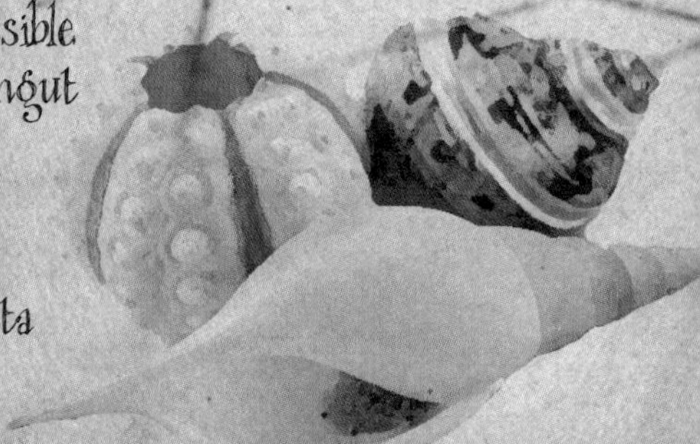

Mentre desespero per haver perdut un amic,
en trobo un altre. És a ell que els nostres
presoners deuen la vida i a la barca
que els porta, perquè en tornar-me
el Talbooth m'han donat l'excusa
per aturar els sabres i les fusells.
Han trobat el meu gos que anava
a la deriva en una llanxa:
per tant, han enfonsat l'Isabella II!

16 d'octubre

És hora de baixar a terra i fer front als enemics de debò. Passo el comandament a en Craig Shriver, que de tots és el menys assedegat de sang i pot escriure pietat i compassió sense morir-se de riure. Sentiré la manca d'en Luke i de la seva música, i del to cruixent de Maldemar Blackhair.
No deixo res més enrere.

Per davant tinc el camí que mena al nord i la meva consciència com a pèssima companya. En Talbooth no està bé, i no crec que pugui fer camí. Però sé on l'han trobat, i en Temby no pot ser gaire lluny d'allà.
Si l'Edward és viu, el trobaré i als seus peus deixaré les caixes i el pes que m'aterreix...

N
Assalt
ISABELLA II

DINOU

El Gran Salvatge

Una trampa sota el mar

«Pobre Rosec! Ens has escrit que és un gos vivaç, que rosega tot el que troba, cordes, rodes, xarxes... i és per això que de tant en tant algú s'emprenya amb ell, però és un bon gos, amic dels nens. Qui el pot haver segrestat, Felí?».

—Què passa? —va preguntar la modista grassa del poble—. Cap a on correu tots?

—A la platja! —va respondre la Babú tornant a posar-se dreta. I com que la modista donava el braç precisament al senyor McMike, l'ancià amo del Rosec, la jove bruixa va explicar amb detall el que havia passat. El lutier geperut, tot agitat, es va alliberar de la vigorosa senyora i va preguntar com estava el mar.

—Està agitat —va respondre la senyora Pull—. Però què t'importa ara el mar?

—DE PRESSA! DE PRESSA! —va cridar el senyor McMike—. L'HEM DE SALVAR O S'ENFONSARÀ! Vés, Prímula, vés a demanar ajuda. Jo t'espero aquí!

Mentre la Prímula, panteixant i maldestra com una morsa, corria a buscar socors, la Vainilla, que s'havia quedat enrere respecte al grup, va arribar de seguida a la costa. A l'entrada del passatge que portava als Magatzems, va trobar l'Acant que consolava la petita Sophie en llàgrimes.

—Fa dealment molta por allà dins —va explicar—. El mad està pujant i...

La Babú es va posar les mans al cor.

—El Rosec ja és... és...

—No ho sé —va respondre l'Acant—. No he baixat, pedò pedquè no hi ha escala!

La Vainilla li va donar les gràcies i va entrar corrents al túnel estret que duia a les grutes. A mesura que s'hi apropava, els crits dels nens es feien més forts i l'alè començava a fallar-li. Havia de caminar plegada perquè tenia poc alè i avançava amb cautela per evitar els sortints de roca. Poc abans que el pas es convertís en un precipici, va veure la Flox que l'esperava.

—Només faltem nosaltres, els altres ja han baixat —va dir tremolant—. Ens hem de transformar, però no sé en què... No puc pensar.

La Vainilla la va mirar amb tendresa: entenia que la Flox se sentís culpable pel Rosec... Li va preguntar en què s'havien transformat en Grisam i la Pervinca.

—En ratpenats —va respondre la jove Bruixa de la foscor.

—Perfecte, a tu t'agraden els ratpenats, oi, Flox?

—No ho sé. I si m'esclafo contra el fons? Hi deu haver vint metres allà baix...

—Vols que em quedi aquí amb tu?

—No, m'agradaria que te n'anessis a casa, que marxéssiu tots a casa i que només jo hagués de salvar el Rosec... Si és allà baix només és per culpa meva.

—Teva? —va exclamar la Babú—. Meva, si de cas! Tu estaves amb ell i l'has defensat. En canvi jo he marxat i t'he deixat sola.

—Ets amable, però no hi ha res a fer. I si no em puc transformar a temps?

—Volddà dir que t'ajudadé jo, Flox —va respondre la veu de l'Acant, que era darrere d'elles—. No tinguis por, sedé a pop teu. Si no és que tu vols sodtir i acompanyar la Sophie. No hi ha hagut maneda de convènce-la que todnés al poble. Ha dit que sedà una cagada, pedò que fodmadà padt de la Colla i ada és foda fent la guàddia. Si adiba la Pimpednel, ella ens avisadà.

—Bé. Així vas amb la Sophie, Flox?

—No, vinc!

—Així m'agada —li va somriure l'Acant—. Dóna'm la mà...

Un salt i la Vainilla ja era al buit. Poc després una elegant falena blava volava en el seu lloc cap a les grutes. La Flox, en canvi, per culpa de l'Acant, avançava pas a pas.

—Qui diu l'encanteri? —va preguntar—. Tu o jo?

—Fes-ho tu i tdansfodma'ns tots dos en datpenats. Ped mi sedà una novetat...

—N'estàs segur, Acant? Mira que és perillós...

—Seguríssim, estimada Flox. Estic amb tu.

Es van llençar junts.

—RATPENATS! —va cridar la Flox just a temps. Quan van sortir del túnel, de poc que no s'esclafen. No se'ls podia culpar, pobrets: era tan fosc allà baix que semblava que estiguessin en un flascó de tinta. A més a més, les parets de roca brillants i negres es reflectien l'una contra l'altra com lúgubres miralls i tot era negre. És veritat que els ratpenats no necessiten la vista per orientar-se però la Flox i l'Acant no eren dos autèntics ratpenats... I també hi havia l'amenaçador borbolleig del mar que pujava i els ecos dels crits dels nens que s'afanyaven a buscar el sac en què havien tancat el Rosec. Quin podia ser? N'hi havia centenars, de sacs, amuntegats en tres menes de cambres, cadascuna de les quals era tan gran que podia contenir tot l'Ajuntament amb la torre inclosa.

—POTSER ÉS AQUEST! POTSER ÉS AQUELL! ROSEEEC!... —cridaven els amics.

—AQUÍ NO HI ÉS.

—NI AQUÍ!

—CALLEU, PER FAVOR —va ordenar en Grisam—. O NO EL PODREM SENTIR!

La veritat és que els nois cridaven per donar-se ànims! A l'ordre del cap, però, les veus es van abaixar...

—Roseeec! —cridaven una mica més fluix. Però cap Rosec no contestava.

Guiada pels crits, la Flox es va unir als altres i amb l'aigua als genolls va començar a obrir els sacs un a un. Els més pesants ja s'estaven enfonsant...

Mentrestant, l'Acant ja tornava a estar amb la Vainilla: els dos Mags de la llum havien de crear del no-res nou fonts de llum, més potents i eficaces que les febles resplendors nostres, de les fades, que poc podien fer entre aquelles parets negres.

La Nepta va caminar amb fatiga a ajudar-los.

Els tres amics es van repartir la feina: la Nepta va transformar en llumetes les gotes d'aigua de les roques, l'Acant va encendre cada conquilla de sota l'aigua i va il·luminar el fons, la Vainilla va buscar a les butxaques i va trobar... el regal d'en Jim: era el llapis que el jove inventor havia utilitzat per dibuixar el projecte de defensa del poble contra els assalts de l'Enemic. L'hi havia deixat abans de marxar. La Babú la va mirar fixament uns moments i després el va trencar en dos trossos i a la punta de cadascun va fer aparèixer una flama argentada. Amb una torxa a cada mà va alçar el vol, i volant va traçar rere seu solcs lluminosos que els companys, que treballaven a sota, van acollir amb molta alegria i alleujament.

Ara ja treballaven de puntetes, amb la barbeta ben alta. Veia com per sota l'aigua buscaven desesperadament amb les cames un recolzament...

—ESPAVILEU-VOS! —va cridar de cop i volta la veueta de la Sophie—. QUE ARRIBA UNA TEMPESTA!

—QUEDA'T AL TÚNEL, SOPHIE, NO SURTIS! —li va respondre en Grisam.

Ara els més petits ja no tocaven el terra i el mar, constret per les parets de la gruta, estava agitat.

Un sac, que estava més lluny dels altres, es va enfonsar. En Pardalet se'n va adonar i va intentar atrapar-lo, però un remolí el va capturar i se'l va endur cap avall. Per sort, en Grisam el va veure i va nedar fins a ell de manera furibunda. De cop i volta es va submergir... Van passar uns quants minuts interminables abans que el cap ros del jove Capità reaparegués a la superfície. En Grisam estrenyia en Robin entre els braços, però estava exhaust i li costava mantenir la cara del nen fora de l'aigua. De sobte, va tancar els ulls i jo vaig pensar que potser estava massa cansat i ho havia deixat córrer, però en canvi... Va agafar aire, tant com va poder, i la seva veu va ressonar molt dins de la caverna...

—NUS QUE ESCANYA I ESTRENY —va exclamar— A AIXÒ M'OBLIGUES: UN ENCANTERI DE FOC EN UN LLOC TANCAT, LLAMPS I SAGETES ENTRE PARETS ESTRETES! PERÒ

NO PUC TRIAR I PER TANT LLANÇARÉ LES MEVES GUSPIRES I QUE LES CORDES ES TRANSFORMIN EN ANGUILES!

Quan la veu es va apagar, es va desencadenar una tempesta de llamps. Dards flamejants volaven en totes direccions i quan trobaven les parets brillants sortien corrents com embogits.

«Un encanteri massa arriscat!», vaig pensar. «Si algú queda ferit...».

—AVALL! —va cridar en aquell moment en Grisam. Vaig veure que tots els nens se submergien per evitar les sagetes. Mentrestant, però, les cordes que lligaven els sacs màgicament prenien vida i lliscaven per l'aigua, i els sacs van revelar finalment tot el contingut: estris vells, sabates, espardenyes, ferros de tota mena, maletes, caixes de llauna, bombetes i llums, trossos d'armaris i butaques, llibres, gerres de fang i de ceràmica, eines de jardineria, barrets, rellotges de pèndol mig destrossats i baròmetres trencats, roba de nadó, cortines i roba blanca... coses de tota mena, però cap gos! Alguns sacs, però, romanien sota l'aigua i, tot i que estaven oberts i el fons estava il·luminat per l'encanteri de l'Acant, no es podia veure què contenien.

En Tommy i en Francis Corbirock, la Pervinca, i fins i tot en Celastre, es van oferir a submergir-se, malgrat els remolins i les anguiles, però en Grisam no va permetre que ningú corregués més riscos. Allà baix ja era massa perillós, havien de sortir tan aviat com pogués.

—I EN ROSEC? —va cridar la Vainilla.

—NO PODEM QUEDAR-NOS AQUÍ —va respondre el jove mag—. D'AQUÍ A UN MOMENT L'AIGUA HAURÀ ARRIBAT AL TÚNEL I JA NO PODREM SORTIR!

VINT

Una Llum en la Foscor

LA INTUÏCIÓ D'EN GRISAM

«Qui s'imagina el desgrat del senyor McMike i el dels nois... És possible que la Pimpernel no en sabés res, precisament ella que sempre ho sap tot de tothom? Oh, quina dona més terrible. Quina tragèdia més terrible...».

Quan vam sortir del túnel, la llum ens va encegar, però no prou per impedir-nos intuir que hi havia gent que ens esperava. Una autèntica concentració que, quan ens va veure, va esclatar en aplaudiments.

—MOLT BÉ! —va cridar la veu plena i estrident de Prímula Pull. Però de seguida es va apagar.

—On és el Rosec? —va preguntar.

La Dàlia, al seu costat, es va posar les mans a la boca, i també ho van fer els senyors McDale. La senyora Regina Strelizia va repetir la pregunta.

—On és el Rosec?

—No l'hem trobat —va respondre en Grisam seriós, deixant en Robin a terra. El noi encara estava una mica feble i la Vainilla va fer entendre a en Grisam que se n'ocuparia ella, ja que algú havia de donar la mala notícia a l'amo del Rosec i era una tasca... del Capità.

—Em sap molt de greu —va dir en Grisam a l'ancià lutier—. L'hem buscat pertot arreu, però després ha arribat l'aigua... Esperem que no estigués allà baix i potser no hi era, no hem sentit cap lladruc...

—D'acord —va respondre trist en McMike—. Gràcies.

En Talbooth, en el seu testament, havia escrit que si els ciutadans de Fairy Oak tenien una cosa molt valuosa, era que estimaven els animals. I era veritat gairebé per a tots...

—Vaig a parlar amb l'Alcalde! —va dir en Grisam amb resolució, dirigint-se cap al poble.

—Però està malament —li va recordar en Tommy.

—Només és la varicel·la.

—Espera...

—El nostde Capità té daó —va intervenir l'Acant—. Jo, ja ho sabeu, sóc una pedsona discdeta i pdudent, pedò quan cal, cal. El que ha passat als Magatzems és massa gdeu. Hem de padlar amb l'Alcalde com més aviat millor!

—Hi estic d'acord —va dir la Vi—. Vinc amb vosaltres!

Hi van anar tots.

I quan van trucar a la porta...

—QUIETS! NO PODEU ENTRAR! —va bramar l'Scarlet Pimpernel bloquejant la porta—. EL MEU PARE ESTÀ MOLT MALALT!

—El teu pare té la varicel·la i està com tots els que l'han tingut abans que ell. Però la que sí que estarà malament seràs tu si no surts de la porta! —la va amenaçar la Pervinca mentre l'empenyia.

—NO, NO I NO, VOSALTRES AQUÍ NO ENTREU!

—Doncs sí. Empeny, Grisam! Ajudeu-nos tots!

Tota la Colla es va posar a empènyer les esquenes de la Pervinca i en Grisam.

—Si provéssim de cridar-lo, potser apareixeria... —va proposar la Vainilla, però semblava que la diplomàcia ja no interessava ningú. L'aventura que acabaven de viure, el dolor pel Rosec, la pena d'imaginar-lo ofegat a la gruta, havien encès els ànims dels nois i cap d'ells no mostrava intencions de voler ser pacient o respectuós...

—Digues a la teva mare que vingui a obrir, Scarlet! DE SEGUIDA!

—La mama no hi és! Marxeu!

—Si no surts d'aquí darrere, et transformaré en una taràntula i ningú no notarà la diferència! —va remugar la Pervinca.

—Si no te'n vas, et faré omplir de plom als Magatzems! —va xiular l'Scarlet des de l'altra banda.

—Deixa anar la porta o faré que se't podreixi entre les mans!

—Deixa-la tu, que la porta és meva!

Estava a punt d'intervenir-hi, però la Vi va ser més ràpida que jo.

—AGONITZA, CARRONYATARÀNTULA! —va ordenar. La porta es va obrir de bat a bat i es van precipitar a dins. L'Scarlet havia desaparegut. Al seu lloc, una aranya grossa i negra voltava pel pati, furibunda.

—QUIETS! —va ordenar en Grisam, aturant-se davant de l'horda que entrava—. No podem pujar tots. Qui ha tingut ja la varicel·la?

Es van alçar dues mans, les de la Cecília Buttercup i la maneta encara més petita de la Sophie que, paraula de fada, no sabia ni de què estaven parlant.

—D'acord, hi aniré jo —va sospirar en Grisam.

—Si vols vinc amb tu —vaig dir—. Em quedaré a fora de la porta i t'avisaré si arriba algú.

—És una bona idea, Feli —va respondre somrient—. Estarà bé tenir una fada a prop, per una vegada.

VINT-I-U

Puces, Furóncols i Mentides

L'ALCALDE, EN ROSEC I... EN FLORETA!

«Per la descripció que has fet a les teves cartes del senyor Pancrazio, Feli, ens ha semblat que era un home més aviat sensat, però sense nervi... Completament a mercè de l'ogressa que és la seva dona i de la filla, o ens equivoquem?».

—Com ho farem per saber quina és l'habitació de l'Alcalde? —vaig preguntar fluixet, mentre pujàvem les sumptuoses escales de la casa Pimpernel.

—Les habitacions sempre són al fons del passadís —va respondre en Grisam mirant al voltant—. Per això o és darrere d'aquella porta... —i va indicar una porta a la nostra esquerra— o és...

Algú es va lamentar darrere de la porta al fons a la dreta.

—...aquella! —va exclamar el jove mag.

—Aaah! —va tornar a fer la veu d'home—. Com pica!

Sense dubtar, en Grisam va picar a la porta i de seguida hi va entrar.

—Oh, Déu meu! —va exclamar l'Alcalde.

Com havíem acordat, em vaig quedar fora de guàrdia i vaig sentir que en Grisam parlava d'una tirada.

—Perdoneu, Alcalde Pimpernel —va començar—, sé que no hauria d'estar aquí i que és molt greu el que estic fent, terriblement greu, com esteu? Bé, doncs, això és un cas urgent. La vostra dona vol agafar les nostres coses i matar... el ROSEC!

«Per què ha cridat, ara?», em vaig preguntar. Com que no vaig sentir la resposta de l'Alcalde, vaig fer una ullada a l'habitació. Vaig veure el pobre home assegut al llit, amb la cara plena de bubons, una gorreta de llana al cap i un pot de talc a les mans. Tenia un dit aixecat, com per saber d'on ve el vent, i la seva mirada anava contínuament d'en Grisam a la porta, de nou a en Grisam i de nou a la porta. Fins que, amb veu baixa i molt amable, va preguntar:

—Com... com has entrat?

Al seu costat, el gos d'en McMike rosegava una sabatilla de l'Scarlet.

En Grisam va pensar que potser estaria bé que tornessin a començar des del principi.

—Mireu, senyor —va dir—. El Rosec...

—Qui és aquest? —va preguntar caut l'Alcalde. Em va fer la impressió que era un home confós i que patia. Devia estar dominat per una picor indomable i per la febre, i malgrat això demostrava una flegma admirable i per això va decidir fer front als misteris un per un, en l'ordre exacte en què se li plantejaven. Hauria estat més fàcil.

—És el gos d'en McMike, senyor, el que tot ho mossega i que ara és... precisament al costat del vostre llit... Nosaltres crèiem que... pensàvem...

—Ah, sí, sí, és clar, aquest bergant. L'ha portat fa poc la meva Adelina. L'havia tancat a la cambra dels mals endreços, però l'he deixat sortir, pobra bèstia, allà dins és fosc i les escombres fan por. Crec que n'ha fet alguna i la meva floreta vol que el castigui. Em pregunto com... Que potser ha mossegat alguna cosa valuosa?

—Bé, pel que sembla, ha mossegat la vostra dona, senyor, però no pretenia fer-li mal de debò...

—El Rosec ha mossegat... la meva dona? És estrany que no m'ho hagi dit.

—De fet, senyor, li ha mossegat l'abric, però ho ha fet només per impedir-li que entrés a la nostra barraca i ens agafés les coses, que a més són del Capità, però ell ens les ha deixat a nosaltres... I tanmateix, la vostra dona, la senyora Pimpernel, sosté que serviran per fer un museu dedicat a en Talbooth.

—Quin museu?

—Això mateix, quin museu? Cap museu! Vós no heu donat mai aquesta ordre, oi?

—M'agradaria ser útil, estimat noi, però aquesta picor no em deixa pensar. Passa'm aquell calçador que hi ha darrere teu, vols? És l'única cosa amb què em puc rascar l'esquena...

—No el veig —va respondre en Grisam.

—No hi és? Aleshores l'Adelaide se'l deu haver endut. Mira al calaix de baix, sisplau, i de pressa, que m'estic tornant boig...

—Quin calaix?

—Sembla que no hi sigui però hi és. És un «Secret». Alguns mobles en tenen un per amagar... secrets, precisament. Fes córrer aquell panell... això, sí, veus que s'obre? El calçador hauria de ser aquí.

—Doncs sí —va dir en Grisam sorprès. Va trobar el calçador i el va donar a l'Alcalde.

—Gràcies, noi. Què dèiem? Ah, sí, el museu... No és pas mala idea. Per què els nois no us poseu mai d'acord?

—Doncs... no és que no estiguem d'acord, però la cadira i l'estufa que hi ha a la barraca són coses nostres i...

—I ho continuaran essent —va respondre l'Alcalde—. Formen part del Cau Secret, ja ho sé. Jo us el vaig donar i no us el prendré pas.

—De debò? Així ens ho podem quedar tot? Oh, gràcies, senyor, gràcies de part de tota la Colla.

—Bé —va sospirar l'il·lustre malalt—, una altra cosa resolta. I ara, si no et sap greu, m'agradaria estar sol, amablement...

—Oh, sí, sí, és clar —va dir en Grisam, arribant a la sortida. Dubtava, però, i a la porta es va tornar a parar.

—Ara —va dir encara—, només queda la qüestió del Rosec...

—Oh, sí, sí, ha de tornar amb el seu amo. Ho faràs tu, sisplau? T'ho agrairé. Ja m'agradaria moure'm, però... Aaah, com pica!

En Grisam va agafar el Rosec pel collar.

—Digues a en McMike que el lligui bé d'ara endavant —va continuar l'Alcalde, mentre amb el braç estès rere les espatlles intentava rascar-se l'esquena amb el calçador—. I que no el torni a deixar anar sol. Pel que he sentit, aquest rodamón puçós sap ficar-se en merders ben seriosos. Sort que la meva Adelina és una floreta i no faria mal ni a una mosca...

«...morta», vaig estar a punt d'afegir. «A una mosca morta potser no li faria mal, però a una de viva...».

—Pobreta, és normal que s'hagi enfadat —va explicar—, a ningú li agrada que el mosseguin. Si el gos és d'en McMike, se n'ha d'ocupar ell! I això és el que ha de fer tothom: ocupar-se de les seves bestioles i fer per manera que no mosseguin els veïns. Faré que escriguin un nou reglament...

—Perfecte! —va afegir en Grisam sortint.

De baix van arribar tot de crits.

—Demana-li fotos —vaig xiuxiuejar—. I de seguida!

Ell es va aclarir la gola.

—Mmm, me'n vaig corrents, senyor, només que... mireu, heu llegit el testament de William Talbooth, oi? I heu repartit la seva herència: recordeu si el Capità ha deixat les fotos a algú, un àlbum, o una capsa de fotografies...

El senyor Pimpernel va arrugar el front i la gorra li va caure al nas.

—Mmm... no, no, no m'ho sembla —va respondre preparant-se per esternudar.

«Està empitjorant», em vaig dir.

El terra va tremolar. Algú pujava les escales amb pas furiós.

—ARA VEURÀ AQUEST NANO, ARA HO VEURÀ! —va cridar la veu de l'Adelaide Pimpernel—. LA MEVA FILLA! UNA ARANYA! AAAH, QUIN INSUUULT...

—Fugim! —vaig cridar fluixet.

En Grisam va obrir els ulls: l'encanteri de l'Scarlet! Se n'havia oblidat completament. I el pare havia estat tan amable...

—Us he dit que hem gastat una brometa a la Scarlet? —va dir retrocedint—. De fet és una ximpleria, gens dolorosa i no deixa records de l'experiència viscuda, sabeu?... Una faula, la veritat. Els Nomags tendeixen a exagerar quan veuen els efectes, criden, xisclen, ja ho veureu, bé, ho sentireu, però... de debò que és una ximpleria, té fàcil remei... Adéu, Alcalde, poseu-vos bo aviat!

Va desaparèixer, davant dels ulls perduts del senyor Pimpernel, just a temps de fugir de les urpes de l'Alcaldessa.

Al pis de baix, l'Scarlet encara escopia teranyines i cridava furibunda contra la Vainilla, que de fet l'havia ajudada a recuperar la seva forma original. Quan els nois van veure aparèixer el Rosec van explotar en un crit d'alegria.

—Com és que és aquí? —va preguntar en Robin mentre sortien.

—L'ha portat la Pimpernel —va explicar en Grisam—. Potser la Flox ho ha sentit malament.

—No ho he sentit malament! —va protestar la bruixeta—. Ella ha dit precisament això: «Porteu-lo als Magatzems!».

—Aleshores ho deu haver dit per espantar-te.

—Paciència... paciència, per a mi sempre serà una orca! —va barbotejar en Pardalet.

—Hem de portar de seguida el Rosec amb el seu amo, ja veureu que feliç que es posarà...

Quan van arribar a la Plaça del Roure, el Rosec es va alliberar i va córrer a ficar-se al laboratori del lutier. Els nois van sentir en McMike que exclamava: «ETS AQUÍ? OH, QUE FELIÇ QUE SÓC!» i van entendre que els dos amics s'estaven fent festes.

—Ara explica'ns com ha anat amb l'Alcalde —va dir la Pervinca a en Grisam, mentre tota la Colla s'afanyava alegre cap al Cau Secret.

—Oh, ha anat bé —va respondre el jove capità—. La barraca és nostra, i també les coses que hi ha a dins.

—VISCA! —van cridar els nois.

—De les fotografies què te n'ha dit?

—No en sap res.

—I el Rosec, com que és que era casa seva?

—I com és la seva habitació?

—Té molts bubons?

—També has vist l'habitació de l'Scarlet?

—Què, ja et pica?

Com sempre, en Grisam es va veure envaït per una onada de curiositat. Mentre, amb calma i paciència, responia a les preguntes dels seus companys, a casa de l'Alcalde tenia lloc una estranya conversa...

—Calma't, floreta, ja ha passat tot —deia el senyor Pimpernel a la seva dona, Adelaide—. Saps que he donat la meva paraula a aquells nois, no em puc fer enrere. Són coses seves... Sigues bona, ja te'ls faré fer jo, una estufa i un balancí.

Ella va respondre amb to astut i maligne:

—Pancrazio —va dir—, no ho entens, tot el que vull ho agafo!

VINT-I-DOS

El Secret del Bagul

L'ORDRE ÉS IMPORTANT!

«En els meus experiments, he trobat sovint armaris i calaixeres, fins i tot bancs i escales, que amagaven un "Secret", però mai un bagul de viatge... Però, és clar, Fairy Oak és un lloc especial i allà res és com en altres llocs...».

S'ho ha endut. Tot el que hi havia a la barraca. Tot!

Quan van arribar, els nois van pensar que era un error de càlcul.

—Potser busques la cadira al lloc equivocat —va dir la Nepta a en Pardalet, que movia els braços en el buit.

—I l'estufa, vés a saber, potser l'hem desplaçada complint l'encanteri.

Només hi havia una manera d'assegurar-se'n: fent un contraencanteri!

Els Mags de la llum, com la Vainilla, ho van intentar sis vegades...

«PER PETIT O GRAN
QUE SIGUI EL CRIM,
QUE SURTI FORA DE L'AIRE
O TASTARÀ
LA PROVA DEL MIRALL!».

Així van ordenar per torns. Un encanteri excel·lent, que gairebé sempre funciona. Fins i tot els nens saben que si s'apropa un mirall a una persona o a un objecte invisible, hi serà xuclat i només en quedarà una taqueta opaca al vidre. Per desgràcia, després de sis intents, no en quedava cap dubte: l'habitació era buida!

Atònits i desmoralitzats, els nois van caminar sense rumb, aquí i allà. Aquell escurçó verinós no havia deixat ni un ham, ni un flotador, una galleda... res.

En Grisam va tossir i l'eco va retornar la seva veu amplificada mil vegades. Quina incomoditristesa!

—I ara? —va preguntar la Flox.

—L'Alcalde ha dit que el cau és nostde i també les coses que hi havia dins, ped això quan sàpiga el que ha fet la seva dona ens ho todnadà —va dir l'Acant.

La Pervinca, però, no era tan optimista.

—No serà tan fàcil —va dir—. Adelaide Pimpernel no ens ha de tornar res.

La veu de la mare d'en Pardalet va interrompre el discurs.

—ROBIN, ETS AQUÍ DINS? —va cridar des de la

plaça—. L'àvia ens espera per apagar les teves espelmes, vine, sisplau.

—És el teu aniversari? —van preguntar els nois sorpresos—. Per què no ens ho has dit?

—Oh —va fer el noi arronsant les espatlles—, només... només són nou anys i... i passen en un no-res. Me... me n'he d'anar.

—Nosaltres també —van dir els germans Corbirock—. Quan quedem? I sobretot, on? Aquí?

Els nois van mirar al voltant.

—No —va respondre en Grisam—, quedem fora de l'escola i si no neva ni plou, anirem al Roure, si no... ja ho veurem.

Van sortir tots amb el cap cot, alguns remugant el que pensaven de la dona de l'Alcalde i de les injustícies que sempre afecten els més petits.

Al final, només van quedar en Grisam, la Flox i les bessones.

—Què fem? —va dir la Flox.

—Si encara teniu una mica de temps, m'agradaria fer un salt a la gruta —va proposar en Grisam.

—Fins allà? No, jo no puc, la tieta Hortènsia em matarà si arribo tard per sopar —va dir la Flox—. Però per què vols anar a la gruta?

—Per buscar les fotos. Si en Joe les ha vistes i l'Alcalde no les ha enviat a ningú, deuen ser al bagul.

—Hem regirat aquell bagul de dalt a baix, Grisam

—va dir amb to dolç la Pervinca—. No hi són, si no és que hi ha un calaix secret.

El jove es va posar dret d'un bot.

—Hem d'anar a la gruta! —va exclamar. I sense donar cap més explicació, va sortir per la porta i es va dirigir cap al carrer que portava a les cascades.

Per sort, la neu a la Vall gairebé s'havia desfet del tot, revelant grans esteses de prats tous de color de galeta. Caminar era més fàcil tot i que ara el terreny era ple d'aigua: encara que no van sortir del camí, les sabates dels nois s'enfonsaven al fang. *Xac-xac!*, feia la petita columna en marxa cap a la gruta.

—La mama es posarà de tots colors quan vegi les sabates i els teus pantalons, Vi —va comentar la Vainilla.

—Com que ens estem ficant directament en problemes, Grisam, podríem saber què tens al cap? Té a veure amb el Capità, potser?

—Sí —va respondre el mag—. L'Alcalde ha dit una cosa que m'ha fet venir una idea. És una hipòtesi absurda, us aviso, però si posem junts els trossets que tenim... bé, gairebé té sentit... Tanmateix, si encara teniu una mica de paciència, espero trobar la prova que busco i aleshores veureu com aconseguiré explicar-me millor, espero.

En Grisam va explicar a les bessones la història del calçador i del calaix secret.

—Potser hi ha un Secret també al bagul i nosaltres

no l'hem vist —va dir—. Haurem de buscar bé, perquè, us ho juro, si l'Alcalde no m'hagués explicat què buscar, no ho hauria trobat mai!

I de fet, no el van trobar.

—Res, no hi és —va dir la Vainilla rendint-se després de mitja hora de recerca—. I si hi és, no és un Secret, és un Secretíssim!

Havien palpat, empès, sacsejat, fins i tot picat cada pam del bagul, per sentir si en algun lloc sonava buit. També l'havien buidat del tot i ara l'havien de tornar a omplir.

—Però, si ho recordo bé, en Joe ha dit que havia vist que en Talbooth posava les fotos aquí dins —va dir en Grisam desconsolat—. Per què les devia haver tret?

—No ho sé —va respondre la Pervinca—, però la Babú té raó, ja no puc buscar més. Estic cansada i tinc gana. I després, mira el costat positiu, Grim, si no podem demostrar que el Capità era un capità de debò, no hi haurà cap raó per dedicar-li un museu i la Pimpernel ja no tindrà excuses per quedar-se les nostres coses.

—Oh, un bon consol, realment! —va dir el jove—. Saps prou bé que no ens les tornarà. Ella no... —*Cric!*, Va fer en aquell moment alguna cosa fora de la gruta.

Els nois van callar. En Grisam es va aixecar i amb

cautela es va acostar a la sortida. Ja era de nit. El jove va treure el cap, però no va arribar a temps de veure res perquè algú va sortir de la foscor i li va saltar al damunt. Tots dos van rodolar dins de la gruta i aleshores la Vainilla va cridar:

—ROSEC!

En aquell moment, en Grisam es va adonar que l'assaltant li estava llepant la cara.

—Oh, aixeca't, vinga —va dir alçant-se.

—Tenia això a la boca! —va dir la Pervinca recollint una canilla de suro amb el fil de pescar encara enrotllat.

—És del Capità! On l'has trobada, gossot? I com potser que estiguis passejant-se un altre cop tot sol?

No és que en Grisam Burdock s'esperés una resposta, però la reacció del gos el va convèncer que el Rosec havia descobert on la Pimpernel havia portat el balancí del Capità, l'estufa i tota la resta.

—Bé, almenys això ho has fet bé! —va dir fent-li una carícia—. Ets un rodamón incurable, però també un amic fidel. Ara traguem-ho tot i portem-te a casa, abans que acabis ficant-te en problemes un altre cop per culpa nostra.

—No li demanem primer que ens ensenyi on són les nostres coses? Així les agafem i la cosa s'acaba —va dir la Pervinca. Però en Grisam va moure el cap.

—No —va respondre—. N'estic temptat, és veritat, però si hi penses bé, aquests són els mètodes que utilitza la Pimpernel i no són dignes de nosaltres. I tampoc no sabem si la història s'acabaria aquí. Ella podria tornar a robar-nos-ho tot un altre cop i no acabaríem mai.

—Sí, tens raó —va dir la Vi—. I aleshores, com recuperarem les nostres coses?

—Parlarem amb l'Alcalde, trobarem la manera, no us preocupeu. Ara posem les coses al bagul i anem.

Per acabar abans, els tres amics van organitzar una mena de cadena: en Grisam passava els objectes a la Pervinca i aquesta els donava a la Vainilla, que al seu torn els posava on els havia trobat.

—Vigila que el mirall no estava allà —va dir de sobte la Pervinca—. És al calaix de la neteja.

La Vainilla la va corregir:

—Ho sé, ha d'estar al lloc just —va dir—, però quan l'hem trobat era al calaix dels objectes personals, per això l'estava posant allà...

—Em sembla estrany, el Capità era massa ordenat i precís per equivocar-se. N'estàs segura?

—Seguríssima i... Oh, no! L'he trencat!

Un dels elements decoratius de la vora ara es movia, una petit full de plata.

—A veure?

La Pervinca va intentar fer-lo girar...

—Així el trencaràs del tot! —la va renyar la Vainilla. I en efecte, va fer *Clac!* i es va desenganxar un tros, el darrere del mirall.

Alguna cosa en va sortir i es va ficar sota el bagul. Els nens es van mirar meravellats: havien descobert el Secret, potser?

La Babú es va ajupir ràpidament i va recollir... un sobre.

A dins, hi havia fotografies.

VINT-I-TRES

El Quadre d'en McMike

LA VEU SÀVIA DELS ARBRES

«Pensa una mica, el Secret era al mirall de plata, i les fotografies estaven precisament allí. Si es pensava bé, posant el mirall al calaix equivocat, el Capità va ajudar els nois a resoldre el misteri del seu passat. Ho devia fer a posta?».

Un noia bonica somreia, alegre i entremaliada, sota un gran barret de palla. Tenia l'esquena recolzada en una paret baixa i, al voltant, roselles i espigues de blat. Amb una mà, la noia aguantava el vestit aixecat pel vent i amb l'altra el barret. L'ala ampla li feia ombra a la cara, però els joves amics de seguida van reconèixer la mateixa noia que havien vist a la primera fotografia. Aquí la noia apareixia més jove i serena, espontània. Al darrere, escrit en tinta xinesa fina, un nom: *Anna*, i una data llunyana.

Els nois es van alegrar. Notaven que estaven a prop de la solució. La Vainilla va mostrar als companys la segona foto: dos mariners joves, o més ben dit, com va fer veure en Grisam, dos capitans joves s'agafaven per les espatlles i somreien al fotògraf.

—Gira-la! —va dir la Pervinca.

La mateixa cal·ligrafia, la mateixa tinta xinesa fina: «En Charles i jo a...» i un nom desconegut.

—Gira-la un altre cop, Babú, mirem bé les cares.... Quin us sembla que és en Talbooth?

—Però... està molt feta malbé... —va dir en Grisam apropant-se per veure-ho millor—. El de la dreta, potser... tanca els ulls com el Capità i té les mans molt grans, però és la meitat d'ample. L'altre sembla que porti bigoti i un pinzell de pintor a la mà.

—Jo no he vist mai pintar en Talbooth, i vosaltres?

—Per això aquest podria ser en Bullet. A veure la pròxima foto...

—En aquesta només hi ha aquest paio alt i magre que somriu i després... Ah, ves, aquí hi torna a haver l'Anna. És amb dos nois... Un, dos, tres... quatre nens! Dues nenes, un noi i aquest...

L'Anna l'agafava en braços, embolicat amb una manta.

—Gira-la... —va dir la Pervinca.

Aquesta vegada, la cal·ligrafia era diferent, més tova, segurament de la mà d'una dona. L'escriptura al darrere deia: «Una gran abraçada al nostre heroi. Sempre estem amb tu. Els teus Anna, Emily, Thomas, Sophie Marie i Robin Júnior».

—Són els nens de la carta! —va recordar la Vainilla.

—La pròxima? —va preguntar en Grisam, ansiós. Però no hi havia més fotos.

—Com que no? Aquella amb el paio jove amb el gos... Ens n'ha parlat en Joe.

La Babú va mirar bé al sobre i sota el bagul.

—No —va dir—, s'han acabat.

—Però com pot ser, hi són tots menys ella? Era la més important!

—Per què? —va preguntar la Pervinca.

En Grisam la va mirar, però no va respondre res. Només va dir:

—Anem, estic fart d'aquesta història.

Van trucar a la casa del senyor McMike quan gairebé era hora de sopar. Ell, però, no va obrir, no de seguida. En Rosec, amb el nas esclafat contra la porta, ensumava i escoltava els sorolls de dins.

Van tornar a trucar, més fort.

—Potser no hi és —va dir la Flox.

—A aquesta hora? I on vols que sigui?

—Potser ha sortit a buscar el seu gos...

De sobte, el Rosec va aixecar les orelles, va començar a remenar la cua i de seguida va començar a saltar sobre les potes llançant gemecs tímids i ansiosos.

Co-cloc!, va fer la clau a dins. Una tènue llum es va filtrar per la porta i, juntament amb ella, un deliciós perfum de patates rostides.

—Oh, nois! Què puc fer per vosaltres? —El senyor McMike havia aparegut amb posat afable. El Rosec va entrar i va córrer cap a la cuina.

—Ah, tu també ets aquí, bandarra! —va exclamar el lutier. Després, recordant-se del sopar, va cridar: LES MEVES PATATES! —i va tornar a la cuina, deixant els nois a la porta. De seguida torno! ATURA'T, ROSEC!

—És ben bé un terratrèmol, aquest gos —va comentar la Pervinca. Van entrar i es van aturar al passadís.

—Que fosca que està aquesta casa —va xiuxiuejar la Vainilla. La Pervinca es va acostar a les parets per observar les velles imatges que el propietari havia penjat ordenadament: eren fotografies del senyor McMike quan encara era un jove violinista i tocava a la banda del poble. No s'havia casat mai, la música era la seva muller, la seva companya, la seva vida. Sonava un disc, de fet, una òpera, i a l'aire, a més a més de les patates rostides, es respirava el perfum de la fusta. Encara que el lutier creés els instruments al laboratori, la casa estava impregnada d'aromes que l'olfacte d'una fada no podia confondre: avet vermell, auró de muntanya, faig, boix, cirerer... les essències que utilitzava l'artesà per construir els violins. I també resines, vernissos, olis... Em va conquistar l'olor d'aquella casa, feia olor de bosc i d'harmonies perfectes.

—Ara vinc! Ara torno!—va avisar l'amo d'en Rosec—. Entreu a la sala, enceneu el llum, si el trobeu, i seieu. Amagaré les patates i...

—No volem molestar —el va avisar la Pervinca des del passadís—. Només hem vingut a tornar a casa aquest trapella i a dir-vos que estigueu tranquils que...

—No et sento, reina —va dir ell—, doneu-me un minut, vull saber què ha passat avui, què ha fet aquest bergant. Ara vinc...

En Grisam es va tombar. Darrere seu hi havia una porta amb dues fulles, molt bonica, mig tancada. La va empènyer i vam entrar en una sala. Com la resta de la casa, era a les fosques. La música sortia d'allí. La Vainilla va buscar l'interruptor...

—Oooh —va murmurar alleujada en encendre el llum.

Estàvem en una cambra magnífica. El terra, les parets, el sostre, tot estava revestit de fusta, d'un color tan càlid que semblava que fóssim dins d'una capsa antiga. Una capsa amb forma de violí.

—És per l'harmonia —va dir el senyor McMike mentre entrava—. És fusta de cirerer, les seves fibres i la forma de les fustes creen un ambient meravellosament a to amb la música.

Al centre de la cambra hi havia un piano gran com una barca, tan brillant i net que m'hi vaig emmirallar. També el violí, posat allí al costat amb l'arc, s'havia utilitzat des de feia poc. Només els desapareguts semblaven una mica empolsegats. El vell senyor va ser assaltat per un atac de tos i la Vainilla el va ajudar a seure.

—Gràcies, bonica. Ara, us prego, digueu-me què s'ha empescat el meu Fiddle?

—Qui és en Fiddle? —va preguntar la Pervinca.

—Ah, ja, vosaltres li dieu Rosec. De fet, tothom li diu així ara, perquè ho mossega tot, oi que sí? Ja... però en realitat es diu Fiddle.

En Grisam va explicar a l'amo d'en Fiddle el que havia passat a la barraca i després a casa de l'Alcalde.

—Oh, quin greu que em sap que hagi creat tants merders —va dir el senyor McMike sincer—. El fet és que, mireu, el Fiddle encara és jove i impetuós, té ganes de córrer i jugar. Jo sóc vell i un pèl avorrit per a ell. A més a més, l'avicio massa, sabeu, és com un fill per a mi. No sé precisament com donar-vos les gràcies pel que heu fet. Si li hagués passat alguna cosa... Però sí, ara el tindré a casa, què més puc fer, pobre de mi...

—Passejar amb ell —li va aconsellar la Vainilla—. Els faria bé a tots dos i el Fiddle aprendria a anar una mica amb la corretja.

—M'agradaria tant —va respondre el vell—, però aquestes cames...

El pèndol del rellotge va tocar les sis.

—Hem de marxar —vaig dir jo—, el sopar ja deu ser a taula i el senyor McMike deu voler menjar.

L'ancià lutier ens va acompanyar i al final va encendre el llum del passadís.

Les bessones van saludar i van sortir. En Grisam, en canvi, es va quedar enrere.

—Què fa? —va preguntar la Pervinca.

—No ho sé —va respondre la Babú—. S'ha quedat al passadís a mirar un quadre.

Era ben bé això. El mirava i somreia.

—És bonic, oi? El pots treure de la paret, si vols —li va dir el lutier—. Així el veuràs millor a la llum.

—Puc? —en Grisam li va donar les gràcies i amb molta atenció va portar el retrat sota la bombeta.

Encuriosides, les noies van tornar enrere.

—Què és? —va preguntar la Pervinca entrant. En Grisam els va ensenyar el quadre.

—Oooh —va dir la Vainilla extasiada.

—Estic content que us agradi —va dir el senyor McMike—, me'l va donar en William fa uns quants mesos. Mireu, compartíem l'amor pels animals, el pobre William i jo, i sabent fins a quin punt estimo el Fiddle va pensar a donar-me aquest quadre tan bonic. No crec que el fes ell, però sé que li agradava molt.

—Potser no el va pintar el Capità, senyor —va dir en Grisam—, però segur que el retratat és ell. Vol que li llegeixi el que hi ha escrit al darrere?

«Jo amb el Talbooth
al pont de l'*Isabella II*».

VINT-I-QUATRE

Aquell Puçós del Talbooth

UN PRECIÓS REGAL D'ANIVERSARI

«Oh, no veig l'hora de saber com es va prendre la notícia el petit Pardalet. I també tots els altres, és clar...».

—Un gos? El Talbooth era... un gos?

—Doncs sí. El gos d'en Bullet que en Temby va portar a bord després que el pirata fugís —van explicar els nois a la Flox, mentre anaven a l'escola.

—Increïble! —va dir la Flox—. Per això en Temby és el nostre Capità. Però per què sempre va dir que es deia Talbooth?

—Això no ho sabem...

—Només podem fer hipòtesis —va dir la Pervinca—. Després del naufragi, el Capità no recordava res del seu passat, oi?

—Res.

—Potser Talbooth va ser l'únic nom que li va venir al cap.

—O potser —va suggerir—, va triar a posta posarse el nom d'un gos rodamón ple de puces.

—I per què ho havia de fer?

—Perquè quan el van trobar a la platja, tots van creure que era un pobre sense casa ni pàtria. Estava malament i també ple de puces. Ell mateix ens va dir que al poble li deien «el Rodamón» perquè no recordava ni el seu nom. Va trigar quaranta anys a recordar qui era.

—Quaranta anys... quina bogeria —va comentar la Flox.

—Realment, són molts anys —va continuar la Vainilla—, és possible que en aquell punt pensés que potser ja era massa tard per tornar a ser el Capità Temby, i així va «sepultar» el seu nom al mar per sempre i va triar agafar el nom d'un trapella el qual havia estimat i pel qual, n'estic segura, va ser estimat.

—El seu gos... —va sospirar la Flox.

—En un cert sentit —va dir la Pervinca—. El Talbooth ha fet com el cérvol més feble, que renuncia a combatre un adversari massa fort i tria una vida errant. El destí, evidentment, va ser més fort que el Capità.

—No ho sé —va respondre la Babú—. Coneixent-lo, crec, en canvi, que va ser un acte d'amor per l'Anna. Ell ja no era l'home que ella havia conegut, i després de tants anys era fàcil imaginar que la seva preciosa dona s'havia reconstruït la vida i així... la va deixar lliure. Pel que fa als fills...

—Sabeu què us dic? —va intervenir en Grisam—. Que per a mi ha anat com diu la Babú, però al final, precisament al final, devia canviar d'idea. El bagul, el mirall fora de lloc, la foto al llibre dels meus pares... El Capità volia que coneguéssim la seva història i potser esperava que de qualsevol manera informaríem també la seva família.

—I com? —va preguntar la Pervinca.

—No en tinc ni idea.

—Segons vosaltres, el gos es va ofegar quan l'*Isabella II* es va enfonsar? —va preguntar la Flox.

—Potser no —va dir la Vainilla—. Pot ser que en Bullet, que era l'autèntic amo del gos, l'hagués agafat a bord quan va assaltar la nau d'en Talbooth, vull dir, d'en Temby.

—Esperem que sí... Ja ho heu dit a la resta de la Colla?

—No, tu ets la primera, Flox. A l'hora de la pausa donarem la bona notícia també als altres.

—Perfecte! Tinc moltes ganes de veure la cara que farà en Pardalet...

—Què, sempre a la caça de misteris, vosaltres quatre? —va preguntar el senyor Joe—. Que no és hora d'anar a classe?

—Sí, Joe, és l'hora —van respondre els nois somrient—. Però més tard, quan soni la campana, hi haurà una reunió al jardí i parlarem del capità: tu també has de venir. I com que és molt important, mira si pots fer la pausa una mica abans, diguem uns deu minuts... sí, Joe?

—Bé... —va fer el guardià brandant el cap—. Ja ho veurem. Deu me'n semblen molts.

—UN GOS? —En Pardalet ho va exclamar amb veu tan alta que en Joe gairebé es va espantar. I ho va exclamar... un sol cop.

—Som ben pallussos per no haver-ho entès de seguida! —va dir rient—. Puçós i rodamón... com el Rosec! Hem tingut la millor pista entre els peus tota l'estona i no ho sabíem!

—En canvi, va ser precisament ell qui em va suggerir la idea —va dir en Grisam—. O millor, va ser l'Alcalde quan en un moment determinat es va referir a ell dient-li «rodamón puçós». En aquell moment es va encendre una guspira. Vaig recordar que en Joe havia vist la foto d'un jove amb un gos i vaig començar a lligar caps. Necessitava una prova i per sort la vaig trobar. A propòsit, això és per a tu, Robin, per al teu aniversari, de part del senyor McMike.

Des que s'havien trobat al jardí, en Pardalet no havia deixat de saltar ni un moment. Els altres s'havien assegut, alguns als bancs, altres a les branques baixes d'un vell cirerer... Ell no, ell s'havia quedat dret saltant i fregant-se el nas. Va agafar el paquet de les mans d'en Grisam i es va ajupir per obrir-lo. La carta va relliscar per les pedres de la petita plaça i als ulls del nen emocionat va aparèixer la imatge d'algú que no feia gaire temps havia estat el seu heroi. Es tractava d'un dibuix i no d'una foto, i el Capità era molt més jove i més prim, tanmateix el pintor havia agafat allò que sovint l'objectiu no veu, l'ànima, el caràcter, el valor d'un home.

Era el Capità, no hi havia cap dubte. Portava l'uniforme que els nois havien trobat al bagul, fumava pipa, somreia i tenia la mà dreta posada al coll d'un gos gran de pèl llarg i enredat i molt viu, rebel de jove: era el puçós rodamón, tampoc d'això no hi havia cap dubte. El preciós veler que tenien al darrere portava inscrit al pal de mitjana un nom que per als nois era una llegenda: *Isabella II*.

—Gràcies! Gràcies! —va xiuxiuejar en Robin alçant els ulls cap als companys. I si ho va dir dues vegades només va ser perquè realment se sentia feliç i agraït.

—Li hauràs de donar les gràcies a en McMike, te l'envia ell —li va contestar en Grisam—. També hi ha una cosa escrita al darrere, la veus?

Mentre en Pardalet es commovia encara més llegint l'escriptura del seu Capità, la resta de la Colla mirava les fotografies.

—Darrere d'aquesta hi ha una dedicatòria —va dir la Nepta. I va llegir—: *«Estimadíssims, espereu-me, estic tornant a casa. El vostre p...»*.

Les bessones es van mirar i van somriure.

—La paraula que no es llegeix és pare —van dir.

Aleshores, un gran silenci va embolcallar la Colla. El Capità tornava amb la seva família. Devia haver patit molt...

—Em vénen ganes de plorar —va dir la Flox amb els llagrimots als ulls. I no era l'única que tirava els mocs amunt. Fins i tot en Joe va tenir un sobresalt—. Qui sap quant de temps el deu haver esperat l'Anna, i potser encara l'espera...

—Per això tinc una idea —va dir la Babú—. Donarem les cartes i les fotos del Capità Talbooth a...

—Vols dir del Capità Temby —el va corregir la Flox.

—Sí... ens costarà acostumar-nos al nom nou.

—Ningú diu que ho hàgim de fer! —va intervenir en Pardalet—. Si volia que li diguessin Talbooth, per què canviar-ho?

Hi va haver un intercanvi ràpid de mirades.

—Ah, per mi, va bé —va balbucejar en Joe assegut entre els nois—. També el port ara ja es diu així, en honor seu, seria complicat canviar-ho.

—Que sigui Talbooth, doncs! —va concloure la Vainilla, contenta—. Posarem la carta i les fotos en un sobre i la donarem als arbres!

—Per què als arbres? —va preguntar Celastre Buttercup.

—Perquè el món és ple d'arbres i tots es coneixen entre ells, i si s'ho van dient, de branca a branca, podrien trobar l'Anna i finalment entregar-li el sobre.

—Fadà falta molt de temps —va intervenir l'A-cant— i aleshodes la senyoda Anna ja poddia estar... o sigui...

—Aleshores trobarem els seus fills! En Tom, en Robin, l'Emily i la Sophie Marie, ells encara deuen ser vius.

—El Capità tenia l'edat del meu avi, per això els seus fills ara deuen tenir l'edat dels nostres pares —va dir en Pardalet.

Ningú no va pensar a fer-li veure que la tartamudesa li havia desaparegut. Tot estava arreglat, el record del seu Capità i la confiança que en Robin tornava a posar-hi estaven salvats. I ara la idea de la Vainilla trobava l'aprovació de tots. No calia dir res més.

O potser sí?

VINT-I-CINC

Una Trobada Misteriosa

EL MAR NO CONSERVA CARTES...

«Una vegada, a una nena a qui cuidava li va caure al riu la llista de la compra: vam haver de tornar a casa perquè, tot i que jo vaig aconseguir pescar-la, la tinta s'havia diluït i no s'hi llegia res...».

—Joe —va dir de sobte en Grisam, baixant del banc i acostant-se al guardià—, t'han explicat la nostra aventura d'ahir? Vam haver de baixar als Magatzems del Mar mentre pujava la marea...

—Sempre he pensat que éreu uns inconscients —va balbucejar el guardià.

—Ja, encara hi ha moltes coses allà baix i si veiessis com ho està deixant l'aigua...

—De debò? —va dir el senyor Joe, que començava a sospitar alguna cosa—. I per què m'ho dius a mi, jove Burdock?

—Perquè tu no ens has explicat tota la història. El mar no torna cartes, ni fotos, ni quadres... L'aigua dissol les coses i la sal les corromp. Aquell bagul no havia estat mai a l'aigua, Joe. Per això ara ens has de dir d'on arriben els objectes del Capità. No poden haver tornat dels abismes, no tots...

—Doncs si no ho han fet... bé, és un misteri. I deixa de turmentar-me!

El guardià va començar a marxar, però en Grisam se li va plantar al davant.

—Ens ho has dit tu, Joe: per enganyar els pirates, en Talbooth havia cobert el valuós contingut de les caixes amb coses de poc valor. Ara sabem que aquelles coses eren les teles per a l'Anna, les joguines per als nens, els llibres, les porcellanes, probablement també el quadre... Però després li van robar les caixes. Tanmateix, les teles són aquí i el quadre també...

—Bah —va dir en Joe arronsant les espatlles—, les teles no proven res, les podia haver aconseguit després.

—No, Joe —va intervenir la Pervinca—. En aquelles teles hi ha les inicials de l'Anna. Per això formen part de les maletes destinades a ella. M'hi vaig fixar bé moltes vegades: en Talbooth les va deixar en herència a la mare d'en Grisam i sovint tapen les safates de dolços exposats a la Botiga de les delicadeses o les que en Grisam porta als nostres berenars.

—Em va confessar que l'havia tornat a veure... —va remugar el guardià mentre tornava a seure.

—Tornat a veure qui, en Bullet???

—Sí, molts anys després del naufragi...

—En Bullet va estar aquí??? El pirata? I com hi va arribar? —van preguntar els nois extrameravellats-sorpresos—. O va ser el Capità qui va anar a veure'l?

—Això no ho sé —va respondre en Joe—. Un dia en William em va explicar que en Bullet se n'havia penedit. «Com ho saps?», li vaig demanar. I ell: «Me'l vaig trobar i m'ho va dir». «On???», li pregunto. Em semblava increïble a mi també que s'haguessin tornat a veure. «Tant se val on. Me l'he trobat i prou!». Em vaig quedar malament aleshores justament com m'he quedat malament ara perquè, per Déu, no en sabia res, de l'Anna, ni que aquell tossut tingués fills ni que es digués Temby! I això no m'agrada perquè em confirma que en William no es refiava... no es refiava de mi.

—Oh, t'equivoques, Joe —va replicar la Pervinca—. El Capità es va refiar de tu més que de ningú. No parlava de la seva família, això és veritat, no ho va fer mai amb ningú.

—Potser perquè aquell tema el feia patir massa, no? —va afegir la Vainilla—. Però a tu et va dir coses que no va dir mai a cap de nosaltres. Per això se'n refiava tant!

—I tu t'has de refiar de nosaltres, Joe —va intervenir en Grisam—. Si volem conèixer la seva història no és per curiositat, sinó perquè ens l'estimàvem.

—I ell a nosaltres. Érem amics.

—Igual que som amics teus.

—Encara que de vegades et fem bromes.

—Però te les fem perquè ens caus bé i...

—En William em va dir que en Bullet havia tingut una filla —va tallar-los el guardià, incòmode amb aquella improvisada declaració d'afecte— que havia mort de febre deixant-li a ell i a la dona un nen encara per alletar. Aquell mateix dia, el pirata s'havia deixat perdre assalts i abordatges i havia baixat a terra ferma, per sempre. En una vall sense nom, habitada per ningú, en un mar salvatge, havia construït la seva casa. I tanmateix la seva ànima no descansava. I així un bon matí va marxar per tornar a l'amic el que li havia pres. Però com es pot tornar una vida, em pregunto? En William només va agafar el bagul i poca cosa més. La resta la va deixar a en Bullet, els llibres, les joguines, l'or i les joies...

Aquestes últimes paraules van colpir la Vainilla més que totes les altres.

—És curiós —va dir movent el cap com qui parla seguint el fil d'un pensament—, són les mateixes coses que l'avi d'en Jim va dir que havia trobat a les caixes de la platja: llibres, joguines, or i joies.

—I l'avi d'en Jim era un pirata... —va afegir la Pervinca, esbalaïda per aquell foll pensament que estava aflorant a les seves ments: l'avi d'en Jim potser era... en Charles Edward Bullet?

—Però en Jim es diu Burium, no Bullet —va dir en Grisam, intuint el que estaven a punt de dir les bessones.

—Burium... Bullet, s'assemblen —va replicar la Pervinca—. L'avi es podia haver canviat de nom quan va canviar de vida.

—O encara més fàcil, en Jim va agafar el nom del pare —va apuntar la Vainilla.

—Però un foraster que arriba a Fairy Oak és una notícia! Si en Bullet hagués arribat aquí, tot el poble n'hauria parlat i tu ho hauries sabut, Joe —va dir en Grisam—. I el mateix si el Capità hagués marxat durant molt de temps.

—Però segur que es van veure! —va dir la Vainilla—. I quan en Bullet va tornar a casa va anomenar el seu poble Aberdurville! Ho recordeu? És així com es diu el poble on viu en Jim, Aberdurville, d'Aberdur, el lloc on en Temby va acabar vivint quan l'*Isabella II* va naufragar i en Talbooth li va agafar el lloc.

—I ped què ho havia de fer en Bullet? —va preguntar l'Acant.

—Per no oblidar mai el mal que havia causat. Segur que fins i tot va fer un mapa, el mateix que va fer servir en Jim per arribar fins aquí.

Tot lligava.

Els nois no van saber afegir-hi res més.

Només la Vainilla va tenir encara un pensament...

JOE

VINT-I-SIS

El Telègraf dels Arbres

UN MISSATGE D'AMOR. BÉ, DOS...

«El telègraf dels arbres... quina bona idea! D'altra banda, és així com les nostres crides arriben al Gran Consell. Les Bruixes i els Mags les donen als arbres, els arbres les porten als Savis i els Savis les envien als regnes de les fades...».

Tota la família Periwinkle va acollir amb gran estupor i commoció la narració que la Vi i la Babú van fer aquella nit al sopar. Però, per molt que es van esforçar, cap no recordava un foraster que hagués arribat de lluny buscant el Capità. Ni que el Capità hagués marxat mai.

—Es devien trobar al mar... —va suposar la Dàlia.

—Sigui com sigui, és una història interessantíssima —va concloure la Tomelilla—. Pel que fa a l'Adelaide, només puc dir que aquella dona no deixarà mai de sorprendre'm. Pobre Pancrazio, quina vida més miserable deu tenir...

Van trucar a la porta.

—Ja hi vaig jo —va dir la Vainilla.

Quan va obrir la porta va veure davant seu una gran safata fumejant i, al darrere, la senyora Marta que la duia i, darrere seu, tota la família Burdock: en Grisam, el seu pare Vic i l'oncle Duff. La Babú els va saludar i amb un impuls va treure el cap per veure si de cas el gran mag no havia portat també en Jim. Però només va veure el carrer buit i fosc.

—Oh, però encara esteu menjant —va dir la senyora Marta entrant, i de seguida es va disculpar per la invasió.

—No et preocupis, Marta estimada —la va tranquil·litzar la Dàlia—. Ja hem acabat. Veniu, seieu. Quina safata de pastes tan bonica, no calia que et molestessis.

—Però l'agraïm molt —va afegir la Pervinca aixecant un punta del drap i fent una ullada als dolços encara fumejants. Aleshores es va adonar que tenia a la mà l'angle de la tela amb les inicials A.T. i el va ensenyar a en Grisam, amb una picada d'ullet.

—Hem sentit la història d'en Talbooth i no ens podíem quedar sols a casa parlant-ne —va explicar la mare d'en Grisam—. Havíem de compartir aquest moment amb els nostres amics.

—I nosaltres estem molt contents que ho hàgiu fet —va respondre la Tomelilla.

Els Burdock encara no s'havien assegut que van tornar a trucar a la porta.

—Són els Pollimon! —va anunciar alegre la Pervinca. I fent broma va dir—: Què us sembla, els deixo entrar?

A la taula, s'hi van afegir nous amics desitjosos d'intercanviar sentiments i emocions, i la nit es va omplir de somriures i converses alegres, de dolços perfums i serenitat.

Després d'una estona, la Dàlia va fer seure els hostes a la sala on un bon foc cremava a la llar: normalment era el moment en què els joves deixaven els adults amb les seves converses i pujaven a l'habitació o sortien al jardí. La Pervinca va llançar un senyal a en Grisam, però ell li va fer entendre que es volia quedar una estona a baix amb els grans ja que, va intuir la Pervinca, tenia una conversa interessant amb el senyor Cícero, el senyor Pollimon i el seu oncle Duff. La jove bruixa va arrugar els llavis i per primer cop va sentir una mica de gelosia per aquell noi que, me'n vaig adonar, creixia molt ràpidament.

—Mou-te, Vi! —la va cridar la Flox—. Hem de fer allò...

«Allò» era preparar el sobre per a l'Anna Temby que havien de donar al Roure, i escriure la carta que acompanyaria el sobre.

—Escriu tu, Babú, que ets bona en aquestes coses i tens una cal·ligrafia bonica —va dir la Flox.

—Almenys és llegible —va comentar la Pervinca llançant-se a seure al llit.

La Vainilla va anar a l'escriptori, va obrir un dels calaixos i en va treure una caixa d'on va agafar un sobre i un full. Es va asseure a la cadira, va buscar com sempre a la seva col·lecció la ploma que escrigués millor, la va sucar al tinter i va començar així...

Estimada senyora Anna,
Em dic Vainilla Periwinkle i visc a Fairy Oak. Els meus amics i jo hem trobat alguns objectes que creiem que us agradaria rebre. De fet, creiem que són vostres, dedicats a vós.
Estaven dins del bagul...

Es va aturar per no equivocar-se...

...del nostre amic, el Capità Temby. Ha viscut aquí molts anys, després que el seu vaixell, l'Isabella II, s'enfonsés davant de les nostres costes, una nit de tempesta.
El pobre home estava a punt de morir quan el van trobar i durant gairebé quaranta anys no va recordar res del seu passat.
La memòria li va tornar a poc a poc, quan ja era vell.

Tots l'hem estimat, els nois l'estimarem sempre i per a nosaltres és un heroi.
Em sap greu dir-vos-ho, però el Capità s'ha mort aquest any, serenament, al seu llit. Va viure d'una manera senzilla i va ser honest fins a la fi, i aquí, a Fairy Oak, l'Alcalde del poble està pensant a dedicar-li un museu.
Us sorprendrà saber que nosaltres el vam conèixer amb un altre nom, i que només ara hem descobert que tenia una dona (vós) i fills. Però és una història llarga que esperem poder-vos explicar en una altra carta, potser en resposta a la vostra, o en persona, qui sap...
Confiem aquest sobre a la saviesa i la providència dels arbres amb el desig que us trobi aviat i sigui per a vós un motiu de consol.
Si un dia voleu venir aquí, ens farà molta il·lusió. Fairy Oak és un lloc agradable, avui més que mai. Pregunteu a ells, als que us han buscat i us han trobat, el camí per trobar-nos. Us l'indicaran i serà segur.

Salutacions.

La Colla del Capità.

Va plegar amb cura el full, el va ficar al sobre i al davant va escriure: «Gentilíssima Família Temby».

—N'hi hauria d'haver prou —va dir mostrant-nos-la—, perquè tampoc en sabem res més.

—Perfecte! —va comentar la Vi—. I ara només ens queda esperar... Puja algú...

—Correu, de pressa! —els va avisar en Grisam posant el cap a dins—. Han arribat l'Alcalde i la seva dona!

VINT-I-SET

La Visita de l'Alcalde

UNA NOTÍCIA ESPLÈNDIDA, BÉ, DUES!

«L'Alcalde i l'Alcaldessa a casa dels Periwinkle? Quin valor! I ell deu patir molt vivint amb aquella ogressa terrible...».

Les noies van córrer cap a baix.

—Bona nit a tothom —estava tot just saludant el Primer Ciutadà, mentre la Dàlia els invitava a seure—. Oh, només ens quedarem un minut, gràcies. No volem molestar. Oi, Floreta?

«Floreta», és a dir, la senyora ogressa Pimpernel, va assentir amb la mateixa espontaneïtat amb què hauria assentit una estàtua de guix.

—Estàs molt bé, Pancrazio. Ja ha passat tot? —va preguntar la Tomelilla. Ell va fer un gest com per dir «una nimietat». Però els lletjos senyals que portava a la cara deixaven entendre una cosa ben diferent.

—Hem vingut perquè tenim boníssimes notícies per a la Colla... El Capità és aquí, oi? Ah, ets aquí, xicot. És important que sàpigues que demà al matí vindrem amb en Hobbs a fer unes inspeccions i...

—Inspeccions? No ho entenc —va dir en Grisam.

—Oh, sí, és clar, que ximple... Doncs el Consell ha decidit que el Museu del Capità es farà i us agradarà saber que la seu serà precisament la barraca.

Era una bona notícia? Els nois no n'estaven segurs.

—Per això han vingut a dir-nos que l'hem de deixar? —va preguntar en Grisam.

—Ben al contrari! —va replicar l'Alcalde—. Vosaltres en sereu els responsables! El que és a dins romandrà a dins, la cadira, l'estufa, les galledes, les xarxes... Si la Colla m'ho permet, vindré demà a fer una inspecció.

Les noies van fer una ullada a en Grisam, però el jove semblava tranquil i de fet somreia, a diferència de la Pimpernel, que ara, a més a més de la vitalitat, també mostrava el color del guix.

—Veig que, en la seva infinita modèstia i generositat, la senyora Adelaide no us ha informat: la barraca és buida, senyor... —va dir en Grisam. Les tres amigues van obrir la boca per la sorpresa.

—No sé què hauríem fet sense l'ajuda de la vostra amabilíssima esposa —va continuar el noi—. Com sens dubte podreu veure demà, senyor, aquella pobra cambra necessita una neteja i per això estava buida. Per sort, precisament ahir, la senyora ens va ajudar portant el balancí, l'estufa i la resta de coses al celler de l'Ajuntament. Amb el vostre permís, Alcalde, les deixarem allà fins que la barraca estigui a punt per acollir-les de nou. Jo diria... tres, quatre dies com a màxim.

—Esplèndid! —va exclamar l'Alcalde—. Em sembla una idea excel·lent, ho hauria proposat jo mateix. Diré a en Hobbs que us doni les claus i...

—No cal, senyor, ja ho ha fet! —va dir en Grisam, i per demostrar-ho es va treure de la butxaca l'anell amb les claus de ferro—. Aquesta tarda hem anat a veure'l perquè... —el jove va mirar la Flox de gairell—. Bé, sabíem que havia tingut un petit problema a les potes... mmm, volia dir als peus, una mena de... fong, sí, verd, molt, molt emprenyador. I així, mentre l'Acant, amb un encanteri, l'hi feia desaparèixer, ell ha tret les claus i ens les ha donades... espontàniament.

En Grisam es va creuar amb la mirada de l'Alcaldessa i mai com en aquell moment va estar content que la senyora Pimpernel no tingués poders màgics, si no, segur que l'hauria fulminat!

—Així això també està resolt —va dir l'Alcalde espolsant-se satisfet el barret sobre una mà—. Queda alguna cosa? Diria que no... Doncs ens veurem demà. El meu desig és que el Museu estigui llest com més aviat millor i... us ho he dit? Potser no. M'agradaria convidar els nostres conciutadans a donar part o tota l'herència rebuda del Capità, porcellana, llibres o instruments de navegació, per tal d'enriquir l'exposició i fer-la encara més viva i interessant. Nosaltres, la família Pimpernel, donarem tot el que hem rebut i per aquest bon pensament he de donar les gràcies a la meva Adelina que sempre ha estat tan generosa i ha estat aquesta esplèndida idea del Museu. Serà l'ocasió per a la nostra bella comunitat de conèixer a fons un dels nostres ciutadans més valerosos i honestos, i aprendre'n.

Divertides per tanta «sàvia i generosa providència», les tres famílies van felicitar l'ara ja vítria Adelaide Pimpernel i el seu marit.

—I el nou reglament sobre animals? —va preguntar la Vainilla. S'havia quedat a escoltar a les escales, com si hagués tingut pressa per tornar a dalt.

—Oh, sí —va respondre l'Alcalde—, ja està penjat al tauler d'anuncis de l'Ajuntament, el podreu llegir demà. Només es tracta de respectar algunes regles simples que no trauran a ningú l'alegria de tenir un animal a casa ni privaran les bèsties de la llibertat de córrer i jugar, respectant el benestar i la seguretat de tothom.

—És un discurs sensat i absolutament digne de respecte, estimat Pancrazio, cada vegada ho fas millor —es va complaure la Tomelilla.

—He demanat a la Prímula Pull que ensenyi el Rosec a portar a passejar el seu amo —va afegir l'Alcalde. Els nois van somriure: potser el senyor Pimpernel volia dir el contrari, és a dir, que en Mc-

Mike havia d'ensenyar el Rosec a anar amb corretja. S'equivocaven...

—Ja és hora que aquell home surti de casa —va dir de fet el senyor Pancrazio— i recuperi l'alegria d'olorar les flors i sentir la brisa del mar. Som una comunitat, i una comunitat no deixa enrere els més febles. Encara que gairebé no s'hi vegi, en McMike ha de poder continuar fent la seva vida. I nosaltres l'ajudarem!

—El senyor McMike s'està quedant cec? —va preguntar la Flox.

—S'hi quedarà si continua vivint en la foscor. Ell diu que així sent millor la música i potser és veritat, però després de tants anys els seus ulls ja no aguanten la llum. I això no està bé. Però ara hi pensarà la Prímula...

La Babú va donar les gràcies a l'Alcalde i va córrer de nou a l'habitació, mentre els Burdock i els Pollimon s'afanyaven a dir bona nit als amfitrions.

—Estudiem junts demà? —va preguntar la Vi a en Grisam acompanyant-lo a fora. En realitat, volia saber coses d'en Hobbs i felicitar-lo per la manera com el jove Capità havia resolt el problema de la barraca—. Has estat molt llest! —li va dir així que estaven sols i, sorprenent-me a mi i a ell, el va abraçar—. Ara digue'm: com sabies que les nostres coses estaven al celler de l'Ajuntament? T'hi ha portat el Rosec?

En Grisam va somriure i va alçar les espatlles. Com

que era modest intentava dissimular la seva alegria i complaença. Era feliç. Feliç per aquella abraçada i també... sí, també per allò que acabava de fer. Una obra mestra!, així ho definiria jo. Gràcies a la seva rapidesa i intel·ligència, la Colla havia recuperat les coses del Capità i l'Alcaldessa havia salvat la cara. De fet, en Grisam Burdock els havia salvat a tots, fins i tot als que no s'ho mereixien. No era endebades que li deien «El Capità gentilhome».

—Bé... diguem que avui he portat el puçós rodamón a fer dos passos amb la corretja i ell m'ha portat als cellers de l'Alcalde... —va explicar.

—Has entrat a l'Ajuntament amb el Rosec i heu trobat els cellers sense que ningú us aturés? —la Pervinca cada vegada estava més divertida.

—No precisament, el Rosec ha insistit perquè mirés dins d'una finestreta i així he vist les nostres coses ben amuntegades en un racó.

—I després heu anat a veure en Hobbs...

—Exacte. Aquest matí, l'Acant m'ha dit que l'havia vist coixejar i per això he recordat que la Flox li havia transformat els peus en potes de granota. Un encanteri de durada curta, però es veu que havia deixat algun problema. He demanat a l'Acant que estigués a punt, que potser necessitaria un Mag de la llum per a un contraencanteri, i de fet... Després d'haver vist què hi havia als cellers de l'Alcalde he anat a buscar-lo i hem anat junts a veure el pobre

Hobbs.... Encara tenia els dits palmats! —la Pervinca va esclatar a riure—. L'Acant li ha dit que el podria ajudar, però només si li donava les claus.

—«Espontàniament», eh?

—Bé —va dir en Grisam—, més o menys. Així demà estudiem junts?

—Amb molt de gust, heroi meu! —va respondre la Pervinca fent una reverència—. Ens veiem a l'escola...

—A l'escola, sí —va confirmar en Grisam obrint la tanca—. També haurem de reunir la Colla per parlar del Museu i a més a més... Espera, t'havia de dir una altra cosa, però no recordo què era... Bah, potser no era important. Ah, sí, ara ho recordo —va tornar enrere i es va parar a un centímetre del nas de la Vi—. He pensat que t'hauries de posar faldilla més sovint, et queda molt bé.

La Pervinca es va quedar de pedra sota les estrelles, vermella com no l'havia vista mai, mentre en Grisam, amb la gorra de costat, s'allunyava xiulant al vent amb les mans a les butxaques.

Damunt seu, rere els vidres il·luminats de la seva petita finestra, la Vainilla havia tret del calaix un altre sobre i un altre full i havia començat a escriure una carta. Havia canviat la ploma, ara en feia servir una de negra, o millor, el que quedava de la ploma, que devia haver dibuixat moltíssim. En veure que l'observava, la Babú es va tombar i va somriure:

—És la ploma d'en Jim, la que em va regalar i que he fet servir per il·luminar les grutes. L'he arreglada... ho veus? Està perfecta! —diu en un xiuxiueig. Tenia el poder de transformar les coses lletges en coses boniques i les coses boniques en coses molt boniques, i també... fer aparèixer el que no existia, il·luminar la foscor, reparar el que estava trencat, fer reflorir la fusta, acolorir el que era negre... I tanmateix, ni ella podia fer tornar qui havia marxat i estava lluny.

Havia agafat el llibret de la Tomelilla i el tenia obert al costat del full.

L'endemà va donar dos sobres al Roure.

VINT-I-VUIT

El Museu del Capità

I ALTRES SORPRESES MERAVELLOSES

«Tot això passava fa prop de cinc anys, ho dic bé, oi, Felí? I de fet, com van anar les coses? El Museu va tenir realment l'èxit que l'Alcalde esperava? Els nois se'n van ocupar? I en Jim, que va tornar?».

A la inauguració, hi van anar tots.

Fins i tot el senyor McMike, guiat pel seu estimat Fiddle.

Era un fresc matí d'inici de primavera. Els nois i tota la comunitat s'havien afanyat perquè el Museu estigués obert com més aviat millor i, en realitat, encara no havien passat ni dos mesos des que l'Alcalde i la junta havien donat el vistiplau.

Aquella tarda, les botigues havien tancat i les famílies s'apressaven a deixar les cases per arribar corrents al port. A les portes, les mares comptaven els fills i amb la mà mullada intentaven domar els cabells rebels, controlaven les corbates dels marits, treien un pèl de la jaqueta i incitaven la comitiva a comportar-se i espavilar-se. Tots estaven molt elegants ja que, per a l'ocasió, la senyora Prímula Pull havia confeccionat els seus millors vestits i pocs havien renunciat a dur vestit nou.

La Vainilla va ajudar la Pervinca a triar una faldilla que la fes sentir a gust i les dues germanes van obrir camí a la Dàlia, en Cícero i la Tomelilla cap a la plaça, on l'Alcalde estava a punt de pronunciar un discurs solemne.

La invitació a donar l'herència rebuda del Capità al Museu no havia tingut obstacles i, al contrari, havia estat acollit amb entusiasme, i ara la barraca apareixia com els nois l'havien vista el primer cop. Potser una mica més bonica i nova. Les parets de fusta s'havien abrillantat, el llit barca, que en Talbooth utilitzava a casa, ara ocupava el centre del Museu i els seus milers d'objectes bellíssims, després d'haver estat recollits i catalogats, es mostraven rere els vidres de les vitrines que el fuster McDoc havia fabricat per a l'ocasió. Al costat de cada objecte, una targeta elegant en deia el nom i l'ús al qual estava destinat.

Va ser un dia realment preciós.

Van confiar a en Joe el guardià l'honor de penjar el cartell sobre l'entrada del Museu, un cartell de fusta d'auró, en què el senyor Poppy, el pare de la Shirley, havia gravat aquestes paraules:

Museu del Mar
Capità William Edward Talbooth

El moment va estar acompanyat per la marxa que feia irritar tant el Capità, però només de mentida, i com sempre la va tocar la trompa de joguina del jovenìssim Billie Ballatel.

Tot just després, els nois van ser condecorats amb el títol d'Amics del Museu del Mar i en Grisam Burdock va rebre de mans de l'Alcalde la bandera que cada matí havia hissat al pal davant de la barraca.

Els anys que van seguir, els joves del poble van obrir i tancar el Museu cada dia a l'hora establerta, puntuals. Els torns, no només per a l'obertura i el tancament, sinó també per al manteniment i la neteja i les visites guiades, estaven penjats rere la porta i durant el temps en què vaig estar a Fairy Oak, paraula de fada, sempre es van respectar.

El Museu estava obert cada dia, de les tres a les set de la tarda, diumenges inclosos, dia en què s'oferien pastissos i dolços, gentilment elaborats per la Botiga de les Delicadeses dels senyors Burdock.

Per a la Colla, ocupar-se del Capità no va ser mai un sacrifici i no hi va haver mai una deserció, un entrebanc o un problema. En els hiverns foscos i freds, la vella estufa creava a la barraca una escalfor agradable i qui estava de torn podia estudiar o llegir amb tota tranquil·litat.

Si hi havia algú a qui li agradava això era la Vainilla. Adorava estudiar al Museu, entre les coses del Capità, sobretot ara que en coneixia la història.

Cinc anys després de la inauguració, un ventós 30 d'octubre, la Babú i la Pervinca es preparaven per celebrar els seus quinze anys. Aquella tarda, la Vainilla va sortir puntual amb el llibre sota el braç per anar a obrir el Museu.

Al llarg del camí, va saludar els nens que jugaven a pilota contra la paret de la muralla i va dedicar un somriure especial a les fades que vetllaven per ells. Va passar per sota l'arc que menava al port i com que encara tenia alguns minuts, en lloc de girar de seguida cap al Museu, va agafar el camí que portava al moll: el soroll de les onades anunciava una supermarejada.

I de fet... Dels esculls amuntegats s'aixecaven núvols blancs d'esquitxos que el vent transportava fins a les cases. La Vainilla es va mullar una mica, però no va fugir a buscar recer, al contrari, va tancar els ulls i va oferir la cara a aquella pluja salada. Es va quedar mirant les onades fins que el so de les campanes la va despertar dels pensaments i va recordar que eren les tres, l'hora d'obrir el Museu.

Sospirant, va travessar la plaça i es va afanyar

cap a la zona on els pescadors tenien les seves barraques, la més arrecerada del port i la més assolellada.

Mentre buscava les claus sota l'àncora on les deixaven sempre, la Babú va tenir la sensació que algú l'estava observant. Va pujar els tres graons, va ficar la clau al pany i amb estupor es va adonar que la barraca ja era oberta. Va tornar a mirar al seu voltant i de nou va veure la plaça del port deserta.

De matinada, havia arribat un famós mag errant: el Senyor del Temps i dels Sons. Es deia Barbo Tagix i no venia mai per casualitat. Aquell dia la meva història es va lligar a la seva, però d'això us en parlaré en un altre moment. Si ara us he parlat d'ell és per explicar-vos perquè el port estava desert: en Barbo havia tancat el seu carro a la Plaça sota el Roure, i tothom havia corregut i encara s'entretenia amb els seus encanteris meravellosos.

No hi havia quedat ningú.

Al llindar de la barraca, la Babú es va parar a pensar qui havia estat al Museu la nit anterior: la seva germana, vet aquí! Estava tan enamorada que s'oblidava d'una cosa tan important? El vent hauria pogut llençar per l'aire els cartells i els fulls a l'escriptori, desordenar les teles de lli i els mapes, fer caure alguna cosa i trencar-la...

Va entrar i va tancar la porta amb un gir de clau. Hauria posat el cartell «TRUQUEU», com era norma els dies atapeïts. Però no el va trobar. En canvi, va trobar una nota de la Pervinca:

El meu pare ha previst
Vent fort d'Oest
Recordeu de tancar
la porta amb clau!
Pervinca

«Que llesta! Avisa els altres i després és la primera que se n'oblida. Està ben enamorada!», es va dir la Vainilla, mentre amb la mà buscava una ploma amb què escriure «TRUQUEU» al darrere d'aquell full. Palpava sense mirar, allà on sabia que trobaria el portaplomes, i mentrestant es deia que la cal·ligrafia de la Pervinca era pèssima.

Cansada de buscar, va alçar els ulls i va descobrir que el portaplomes era buit. Algú s'havia divertit fent una broma, i com que l'última que havia fet el torn al Museu havia estat la Pervinca no se sorprenia!

—Què t'hi jugues que les ha fet desaparèixer juntament amb el cartell? —va sospirar la bruixa. Només hi havia una manera de descobrir-ho...

—PER PETIT O GRAN QUE SIGUI EL DELICTE QUE SURTI DE L'AIRE I PASSARÀ LA PROVA DEL MIRALL! —va exclamar la Vainilla.

El portaplomes es va quedar buit, en compensació van aparèixer per ordre: una taca a la faldilla que portava, però que el dia abans havia deixat a la Pervinca, una esquerda al vidre de la vitrina dels instruments de llautó del Capità, dues teranyines, una pila de pols i sorra destinada a la paleta, la paleta i un retrat de la professora De Transvall que no hauria agradat a la severa mestra.

—Necessito una ploma —va dir la Babú aixecantse. Va buscar primer a les butxaques del mantell, després als calaixos de l'escriptori i als de l'armari del fons de l'habitació... res. Va mirar al voltant pensant què podia sucar a la tinta. Un pinzell? Un bastonet? No hi havia res semblant a la barraca. Va tornar a la taula i el que va veure li va tallar la respiració. Col·locada sobre el full blanc hi havia una ploma de color figa salvatge.

La Vainilla la va tocar amb un dit i instintivament es va girar a buscar qui l'havia deixada: no hi havia ningú. Sentia que el cor se li havia capgirat. Va agafar delicadament la ploma, la va ficar a la tinta i va escriure: TRUQUEU.

Confosa, va sortir per enganxar el full a la porta, després va tancar i va tornar a la taula. Acabava d'asseure's quan algú va trucar.

—Vós sou la bellíssima senyoreta Vainilla Periwinkle? —va preguntar l'home des de la porta.

—Sí —va respondre la Vainilla sense gairebé respirar.

—Aleshores això és per a vós —va dir ell i li va donar una capsa minúscula, blanca com la llet, de seda finíssima, lleugera i delicada com un núvol.

—És buida —va respondre la Vainilla quan la va obrir.

—Ja ho sé —va dir l'home—. I us heu decebut. Així el que es diu és veritat, mosquetes i senyoretes només s'assemblen en el nom.

Aguantant-se el riure, perquè aquell joc li agradava molt, la Vainilla va assentir.

—Vegem doncs si poso això a dins... —De la mà, en Jim va fer lliscar dins la capsa una pedreta, molt petita, però molt petita... del color del cel a la primavera. La Vainilla no es va resistir i se li va llançar en una abraçada.

—Has rebut la meva carta! —va dir abraçant-lo fort—. Per què has trigat tant?

—Hauria vingut abans —va respondre ell—, però no trobava pedretes blaves.

La Babú va esclatar a riure.

—El proper cop pregunta a un pop...

Premia la cara contra la jaqueta del seu Jim i en respirava l'olor: feia olor de fresc i de net tot i que arribava d'un viatge llarg, per tant s'havia canviat per ella.

—Què amagues a l'altra mà? —li va preguntar.

—Les teves plomes —va respondre en Jim.

S'haurien quedat abraçats l'un en braços de l'altra durant cinc anys més si en Jim no li hagués hagut d'ensenyar encara una cosa. Va treure de la bossa una mena de quadern, molt vell i molt estrany. Tenia la tapa de fusta i un penjoll de conquilles el tenia relligat.

—És un mèrit d'aquest llibre que et trobés el primer cop —va dir el jove—. Em creus si et dic que és el diari de bord d'un pirata?

VINT-I-NOU

La Primera Nit

PLOMES, CARTES I ADÉUS

«I així la Tomelilla havia donat la ploma a en Jim... Però... un moment, Feli: si les noies estaven a punt de complir quinze anys significa que havies acabat la teva tasca al seu costat, i per tant...».

La lluna sortia per darrere dels turons foscos del meu regne i jo havia arribat al final de la meva primera narració. Havia mantingut la promesa, s'havia revelat un misteri, i tot i així les fades encara no em deixaven marxar.

—Descriu-nos les seves emocions, Feli! Parla'ns d'ella, com va reaccionar, què va sentir, era feliç, què li va dir?

Volien saber coses d'en Jim i la Vainilla, de la seva trobada, del seu amor, del seu futur. Però quan en Jim va trucar a la porta del Museu, jo havia marxat!

—Just el que ens temíem.

—Per això no ens en diràs res?

—Com saps, doncs, que en Jim ha tornat?

—Qui t'ha explicat la seva trobada al Museu si ja havies marxat per venir aquí?

—Ahir vaig rebre un sobre del Gran Consell —va dir—. Pensava que es tractava d'una nova crida, en canvi em van concedir rebre un paquet de Fairy Oak. Vaig trobar això a dins, al costat d'altres cartes precioses. És de la Babú, si voleu us la llegeixo...

—SÍÍÍ —van respondre a cor.

I per aquell dia n'hi va haver prou.

Estimada fada,

Si llegeixes aquestes cartes, voldrà dir que els savis han estat indulgents amb nosaltres i han escoltat les nostres pregàries.

T'hem escrit tots, ho has vist? Però aquesta només és meva... Ja saps per què... Em coneixes com les teves ales i no val la pena que et descrigui l'emoció que vaig sentir quan el vaig tornar a veure. Ha tornat en Jim, Feli!

És més gran, és un home, però té la mateixa mirada d'aleshores, el mateix somriure, el mateix cap de cabells negres, només que ara els porta més llargs i la tieta Tomelilla diu que sembla un salvatge.

Però se l'estima, saps?, s'entenen molt bé.

Per a ell jo també sóc igual que abans, però més guapa, això ha dit. Tot i això va notar el signe de la varicel·la al front i quan li vaig explicar que l'havíem passat tots al poble va riure molt.

Ara viurà aquí.

La seva àvia ja no hi és i el seu avi... se'n va anar al cel pocs dies després de la seva fugida.

En Bullet era precisament el pare de la seva mare, en Jim ens ha fet llegir el llibre de bord i així hem descobert que el gos Talbooth anava amb l'Isabella II quan va naufragar. Per sort, no es va ofegar i una nau de pas el va salvar. Després una coincidència increïble va fer que el vaixell fos assaltat per en Bullet i així el Talbooth es va retrobar amb el seu amo. Va ser l'últim assalt de l'avi d'en Jim.

Després d'allò va baixar a terra i es va posar a buscar el nostre Capità. Imaginant que s'havia de trobar en un lloc no gaire distant d'on havia trobat el gos, es va posar en marxa cap a la nostra vall. Hi va esmerçar mesos, potser fins i tot anys, i al final el va trobar.

De la mateixa manera que els arbres van trobar en Jim i li van donar la meva carta. De la senyora Anna, en canvi, encara no n'hem tingut notícies, però això ja ho saps, només fa un mes que vas marxar!

El dia que et vam acomiadar, ja em vas veure, estava molt trista. A la tarda vaig sortir com de costum per fer el meu torn, però abans vaig anar *a veure la maregassa (si amb aquesta carta has rebut també les altres, aleshores saps com em sentia en aquell moment i com estava la Pervinca....).*

A les tres vaig obrir el Museu, en realitat el vaig trobar obert i al cap de poc vaig descobrir per què.

Estava sola i buscava una ploma...

ROYAL NA

ÍNDEX

La segona nit...

ELS DELICIOSOS DIES DE LA SHIRLEY

Quin serà el segon misteri?

Reciclar 1.000 kg de paper...

• salva 17 arbres
• estalvia prou energia per abastir una casa durant 6 mesos
• elimina tres metres cúbics de materials inservibles
• estalvia 31.780 litres d'aigua
• produeix el 75% menys de contaminació de l'aire
• empra el 57% de l'energia utilitzada per produir una tona de fibra verge
• produeix un 35% menys de contaminació de l'agua

Font: http://www.oldgrowthfree.com